主编/凌翔　　　　　　　　当代作家精品·散文卷

种一朵月亮花

心盈 著

中国民族文化出版社
北京

图书在版编目（CIP）数据

种一朵月亮花 / 心盈著. — 北京：中国民族文化出版社有限公司，2022.9
ISBN 978-7-5122-1622-8

Ⅰ.①种… Ⅱ.①心… Ⅲ.①散文集－中国－当代 Ⅳ.①I267

中国版本图书馆CIP数据核字（2022）第182554号

种一朵月亮花
ZHONG YI DUO YUE LIANG HUA

| 作　　者：心　盈 |
| 责任编辑：张　宇 |
| 责任校对：李文学 |
| 出 版 者：中国民族文化出版社　　地址：北京东城区和平里北街14号 |
|　　　　　　邮编：100013　联系电话：010-84250639　64211754（传真） |
| 印　　装：三河市金元印装有限公司 |
| 开　　本：889mm×1194mm　16开 |
| 印　　张：13 |
| 字　　数：120千 |
| 版　　次：2022年11月第1版第1次印刷 |
| 标准书号：ISBN 978-7-5122-1622-8 |
| 定　　价：49.80元 |

版权所有　侵权必究

目录

1/ 第一辑 真情有暖

2/ 给童心一个回家的方向

4/ 遇见我的水烛

6/ 站在人生的渡口,让爱繁茂如昔

8/ 尘世有你,花开如玉

10/ 桃李满园别样春

13/ 我依然,是你们离开时的模样

15/ 又见家园桑葚紫

18/ 我愿为你变得柔软

21/ 草珊瑚、西瓜霜、手帕纸和苹果

23/ 山路上的成长

26/ 雪天路滑,醉在暖暖的烟火气息

29/ 生气,是爱的另一种表达

33/ 笤帚里的父亲

36/ 烟火人生,冷中取暖

39/ 第二辑 山水有言

40/ 我想和你说一峡谷的话
42/ 你好，初秋
44/ 接下阿阳，住在树上
46/ 将花香佩在胸前
48/ 秋雨瘦，半生盈
50/ 水畔青石秀，茵茵碧草凉
52/ 大山深处遗落的那颗珍珠
54/ 人生之秋，鹤翔云上
56/ 大地的馈赠
58/ 住在童年的笑涡

61/ 第三辑 心灵有香

62/ 梧桐树下遇见你
65/ 让心灵长成黄金的模样
68/ 人间处处可闻香
70/ 让"多"更多，让"闲"更美好
73/ 送燕儿回家
76/ 种一朵月亮花
78/ 善良是一个人最美的容貌
80/ 夜半惊魂
82/ 展公益风采 助文明花开
84/ 诗心盈路，岁月凝香
87/ 让青春闪耀善美光芒
89/ 岁月沧桑，此心清亮
92/ "雄马"，你不知道的风景

95/ 第四辑 弯路有景

96/ 路过百花深处
99/ 我是我自己的皇家风范
101/ 你的房子里住些什么
103/ 爬出百花盛开的人生风景
106/ 巧手灵心逐梦想
109/ 雄安，他们值得历史的记忆
113/ "我以后再吃"
115/ 红尘之上，历数繁星
117/ 农家学霸
119/ ABC 的故事

123/ 第五辑 史海有贝

124/ 博云种月，霜雪含春
127/ 真正高明的卦是这样算的
129/ 肃然相拜与君盟
132/ "取快于境"与"烛照万物"
134/ 不一样的"三字经"，与心随行
136/ 严冬隐春芽
138/ 日月如酒，乾坤为棋
140/ 眼界明亮的密码
142/ 世间事，不思回报，方遇惊喜
144/ 心学大师的"寓教于乐"
147/ 融化痞块，扫除障蔽
149/ 原谅冬天
151/ 远秋云之薄，养日月之厚
153/ "圣贤版"的课堂教学
156/ 该不该为灾难买单
158/ 户枢流水即吾师

161/ 第六辑 遐思有春

162/ 种下爱，自会开花

164/ 身影之上

166/ 左手年龄，右手心龄

168/ 养好一只杯子

169/ 永远的泊松亮斑

171/ 从该进 ICU 到写本教材

173/ 翠微深处，莫剪柔柯

175/ 诗书岁月长，白发不相忘

177/ 让爱来访

179/ 彩虹与水滴的故事

181/ 梦之旅

183/ 路过春光，又遇见夏花

185/ 温柔武器

187/ 美丽的回响

189/ 预约一个更美的世界

192/ 三月雨肥，九月霜瘦

194/ 身在雄安约春暖，丹青次第与花开

196/ 风险很近，苦很远

198/ 花朵与花朵在季节相逢

第一辑
真情有暖

许多个无眠的夜,我打开梦中的月光,唤不回的,是一些远去的身影;而那支新生的歌,那些爱的旋律,依旧唱了千年万年,告诉我,世间真情,如此温暖。

给童心一个回家的方向

记得儿子很小的时候，白白嫩嫩，眉目清朗，聪明伶俐，很是招人喜欢。爷爷奶奶更是爱个没够，常常给买这买那，买的最多的自然是各种零食美食。每次有好吃的，我都会首先做一件事情：让儿子给爷爷奶奶送去，让爷爷奶奶先吃，然后自己再吃。对于疼爱自己的亲人，孩子内心有着天然的亲近和爱，每次他都用肉嘟嘟的小手捧着给爷爷奶奶送去，每次爷爷奶奶也总是摇手说："我们不吃我们不吃，给孩子吃吧！"我就坚持："你们的孙子特意拿过来的，一定要吃，哪怕吃一口，尝一下，也一定要吃。"爷爷奶奶拗不过我，就分别都吃一口，还夸张地咀嚼："真香！"那一刻，爷爷奶奶成了被宠爱的孩子，孩子成了会照顾、会呵护家人的小大人；爷爷奶奶的欣慰盛开在满脸的皱纹上，孩子的自豪绽放在他洁白无瑕的心间。

我这样教孩子的时候，并没有刻意强调过让他也先给我吃，但每次孩子给爷爷奶奶吃了，都高兴地转身就去找我和他爸了。谁说孩子什么都不懂呢？孩子的心最容易接收到的，是爱的信息，更是爱的延续。我们不让孩子白送，会温柔接纳他的善意，肯定他，夸赞他，在这样的氛围里，孩子开心极了，自己再吃的时候似乎也比原本的味道更好了。

若一味地溺爱孩子，把孩子当小皇帝小公主，让孩子"唯我独尊"，那颗原本纯净的盛满了爱的童心就已经迷路了，找不到应有的温暖的家。那么，教孩子懂得谦让、懂得感恩，你用对方法了吗？

想起在朋友圈看到过一篇文章，写到一个孩子的父母教孩子把最大的梨让给大人吃，孩子照做了。可大人并不真吃，孩子每让一次都是一次表演。家里来客人了，孩子照样把最大的梨让给客人，客人也多是谦让不吃，每让一次之后最大的梨仍是回到孩子手中。直到有一次，有一个客人许是真的口渴了，看孩子殷勤递过大梨，边夸孩子懂事边吃，刚咬一口，尴尬的一幕发生了——孩子"哇"一声大哭起来："你怎么真吃呀！你赔我……"客人不消说是窘到了极点，拿着那个大梨愣在了原地；父母在一旁也是始料未及，不知该怎么处理这突发事件，懵了。之前一次又一次的表演就这样歪曲了教育的本质，孩子仍然认为家里最好的东西都是属于自己的。表演不可取，孩子的心最纯净，容不得虚假。这是孩子的心意，要让孩子的心意有个温暖的回馈可以安放，他们心里的孝义才不会找不到家。

后来儿子大点了，我做家务累了，就会跟儿子说："轩轩来给妈妈帮个忙吧，妈妈腰疼了。"儿子会很乐意帮忙，亲情之外，还有着一种小小男子汉的自豪的英雄情结。

如今，儿子长成了一个小伙子，那颗无瑕的童心一直有着它落脚的"家"，而且这个"家"还成了越来越大、越来越漂亮的"房子"：儿子不仅是面对什么美食都要先让爷爷奶奶和爸爸妈妈吃，而且饭桌上谁爱吃什么饭菜他就让给谁，自己想吃的东西总要先一一问过："爷爷奶奶你们还吃吗？爸你吃吗？妈你吃吗？"我们都表示吃饱了他才端过去消灭掉。近来，他爸血糖高，他做西红柿炒鸡蛋，特意拿个碗先给他爸盛出不放糖的，然后才在锅里放糖；看到我上班回来累了，就说："妈我帮你做饭吧。""妈我来洗碗吧。""妈我擦地板了，看看干净不？"……

成长路上，儿子有过叛逆，有过学业不顺的坎坷，但我相信，他的心从没有迷失过回家的方向。

遇见我的水烛

时光如水，水岸如画，遇见我的水烛，是一道清莹美好的风景。

与好友相约由容城县城最西边的新容花园步行至最东边的三贤文化广场，用脚步丈量，不负秋日暖阳。

一路聊共同的兴趣爱好，聊读书与写作。长长的路不知不觉就走完了。三贤文化广场东南角藏着一个小小的湖，名为"明德湖"。如今正是"山高月小、水落石出"的季节，明德湖大面积缩小，游人稀少，正适合访静寻幽。

以前来过这里，都是匆匆而过。这个秋日的下午，阳光不燥，我们不急，从铺好的小路下去，走到水边的干草上，才真正亲近了更多的植物。好友热心介绍："这是三棱草，你看它的形状。"果然，它有着多么别致的发型啊！"这是一株野柳。"苗条秀气，红嫩的枝条，清绿的叶片，小野柳随风轻舞，袅袅婷婷，我忍不住拿着手机拍了又拍。"这是萝藦果。"好友从芦苇丛中发现一个惊喜，胖胖的小绿果，一头尖尖，我问了又问是哪两个字，终于写对了，对她的渊博佩服不已。

她对各种植物和小动物都有着深远澄澈的爱，在她的眼中，在她的笔下，在她的镜头里，这些植物和小动物都是可爱的小精灵，绰约多姿，惹人怜惜。小昆虫们见到她的镜头常常不躲不闪，出奇配合，"我见青山多妩媚，料青山见我应如是"，邂逅她这份美丽的情愫，它们亦当心生欢喜。

我们弯腰弓背，如登山涉险般，防着脚下的荆棘，寻着水边的秋意。小小的明德湖记下了我们的脚印，小雏菊、狗尾草、芦花、紫穗槐……它们都听到了我们的问候吧，秋风起处，它们纷纷点头致意。转了一圈，我们坐在湖边休息，一只蜻蜓也赶来赴约，殷勤落在我的肩上，好友忙举起手机留下它的倩影，以及与我的合影。果然，它也静静地一任拍照，只是在我摘下口罩的时候倏然飞走，但片刻后又回转，仍落在我的肩上，让好友继续拍下它美妙的身姿。"落日延西林，蜻蜓弄斜晖"，金色夕照里，我何其有幸，邂逅一只蜻蜓的友好依偎。

暮云合璧日熔金，我们踏上归程。依然是步行，一路上我眼前一直浮现的，是在明德湖认识的第一种植物。好友说："这是水烛，因其像水边的蜡烛。"我赶紧拍下那一丛丛绿色的直立着的狭长叶片。不是很惊艳的水边植物，但它不仅如烛，亦如竹，亭亭而立，清润明亮。想起多年前初识好友时，身为教师的她自己办一个文学社，名曰"弄潮"，无偿付出了无数心血和汗水，培养了很多文学新芽。我有幸和她一起在育人与文学之路上走了很多年，她的坚韧执着、敦诚热情给了我很多的启发、关爱和帮助。如今的她，文学之路硕果累累，仍坚守本色，课上育人，课下助人。终于知道我为什么对水烛念念不忘了，她亦如这水边的烛，让自己的人生和心灵都清润明亮。

马德说："有些造化看似从天而降，其实还是源自个人的修行。你总是遇上好人，必然是自己修到了春风化雨。"遇上好友这样如水烛一样的人，我当自励，亦如清竹，如明烛，让自己的时光柔美清亮，暖意融融。

站在人生的渡口，让爱繁茂如昔

三十年前，我小时候，物质生活很贫乏，吃的东西也很单一。主食以玉米面等粗粮为主，偶有白面和米饭就是改善生活了；菜在应季的时候还丰富些，但油是少的。到了冬季，除了白菜就是咸菜，咸菜都是常常不放香油的。没有零食，饿了就搬个板凳登上去够挂在房梁上的饽饽篮子，一边啃一边就跑出去玩了。到了无垠的田野，野菜野果都是惊喜。记得每到夜里，没有电灯，为了省煤油灯的灯油，早早就睡了，半夜常常饿醒，奶奶就在我们枕边放几块煮熟的红薯，这是很多年里唯一的夜宵。

母亲早早过世，父亲为了撑起这个家，起早贪黑做笤帚，总是天还不亮就走了，他骑个"大水管"旧自行车，车后面放两个筐，绑上几十把笤帚，走街串巷去卖。瘦骨嶙峋的他从不舍得在外面买点东西吃，哪怕卖完很晚了，回家都中午了，早饭和午饭就并成一顿，也要回家吃。父亲就这样支撑着这个上有老下有小的家，现在回忆起来，心里的痛还排山倒海一样，瞬间就能把我淹没。

后来我上学了，每天早早起床为全家做好早饭，自己急急忙忙吃点去上学。但父亲仍是顾不上吃早饭的。中考前夕，重任在肩，我更加用功读书，做饭时都心不在焉，一手拿烧火棍一手拿书。顾不上吃早饭的父亲有一天却指着屋角一个箱子说："我给你买了一箱方便面。早上你做饭时，水开了你就先泡上一袋，等饭做好了，面也不烫了，你赶紧吃了去上学。"不苟言笑、惜字如金的父亲，这已是跟我说话最多的一次，也是最温柔的一次。我却被震惊得惊慌失措：方便面？给我买的？让我吃？这不是真的吧？我揉揉眼睛，不是做梦，方便面箱子就在屋角。方便面，这种在当时新兴的、洋气的东西只有家境好的孩子才吃，我只在村里小卖部的货架上看到过它的身影，此刻它却豁然出现在我眼前，而且是整整一箱，而且是只给我吃！我真的"受宠若惊"了，惴惴地跟父亲说："你吃吧。"父亲却转身走了，"不用管我，你每天早上吃！"我只好懵懂地接受了这个特殊的"任务"。

从此每天早上，我都从那个箱子里拿出一袋方便面，泡好，独享"美味"。真的是美味，相较于缺少油水单调乏味的饮食，泡面在当年绝对是很奢侈的美食。而那箱方便面，爸爸说了，不给哥哥也不给妹妹们，就是为了给我节省时间改善伙食。因了这简单快捷的泡面，我每天早上比从前到校还要早，带着愉悦的心情投入到一天的学习中。那一箱泡面，有几十袋我就吃了几十天，爸爸，他无论外出卖笤帚卖到多晚、肚子多饿也从没吃过一口。

小时候不懂得珍惜，总是怪爸爸脾气暴躁，不跟我们好好说话，不是一个温柔的好爸爸。可是当年，母亲去世时，他面对的是一个老人和四个孩子。凄风苦雨的日子，他擦干泪水，压下伤痛，在农家小院巍然而立，如一棵坚韧的树，张开沉默的枝叶，将我们一个一个都揽进他的绿荫里。日以继夜的劳作，一点点省俭自苦，父亲用他卖笤帚的钱给我交足了学习费用，父亲用他给我的那一碗又一碗的泡面香，温暖鼓励着我一次又一次自信地站在领奖台上。当我们终于都长大，刚刚成家，父亲却已在艰难的日子中一身病痛，才五十多岁就患急性白血病匆匆离开了我们，留给我们的是无尽的伤痛和思念。

如今，年已不惑，久为人母，我终于懂得父亲的爱，不一定温柔，却永远深厚。当年，他看着我用满墙的奖状贴出别样的风景画，心里那希望的绿一定已繁茂葳蕤；看着我吃泡面幸福愉悦的样子，一定比自己吃还开怀欣喜……香气氤氲里，我泪雾迷蒙，愿父亲得知如今他的孩子有很多比泡面更好吃、更营养的东西，当含笑九泉。

站在人生的渡口，回望早已作古多年的父亲留给我的记忆，仍然深深难忘的，是那属于父亲的，他自己却从没尝过的泡面。

尘世有你，花开如玉

深秋的黄昏，暮色越来越急，刚刚还霞光万里的天空，转瞬就被越来越浓重的黑罩得严严实实。随着暮色一起扑下来的，还有深深的寒意。因为放学后多问了老师几道题，等到从校门口出来，穿着单衣的我就一头陷进了这无边无际的黑和彻心彻骨的冷，心里不由害怕起来。

走在深秋夜晚静寂无人的田间小路，心里的恐惧一如这暮色，越来越浓。那是20世纪90年代初，没有电话，自行车也少，学校在邻村，但步行也需半个多小时。深秋的田野，空旷苍茫，偶有野狗出没，间或裸露着几个坟头，更增恐怖。有伴的时候还好，说说笑笑，不知不觉也就到家了。如今茫茫天地之间只有我一个人，一个矮小瘦弱的女孩，身上冻得直抖，心里怕得直抖，田间小路愈显漫长无尽头，我简直要哭出来了。

正在凄然无助之时，忽闻前面车铃响，有人骑着自行车过来了。昏暗的天光中，看不真切，心里惴惴，可别是一个凶恶的男人啊！还好很快自行车驶到近前了，伴着一声亲切温柔的呼唤："建英！"我的心由怕得狂跳瞬间到喜得狂跳——是嫂子！嫂子来接我了！坐在嫂子崭新的自行车后座上，穿上嫂子给我拿来的外套，偎着嫂子温暖的后背，我心里暖暖的，有一朵叫作幸福的花悄悄开放。

那一年，我上初一，嫂子刚刚婚后不久。多年后回想那一幕，才想到嫂子当时只有二十多岁，她也怕黑，也胆小，当时走夜路来接我是克服了多大的恐惧啊。我6岁那年母亲去世。爸爸和哥哥整天忙碌，性情又粗糙，从小我去哪里，都不会有人找有人接。可这次不同了，我有嫂子了，看到同村的伙伴都已回家，看到天都黑了我还没回来，嫂子骑上她结婚时新买的自行车顶着夜色和恐惧急忙去接我，从此我的世界多了一朵名叫牵挂的花。

最初见到嫂子，很是惊艳，二十多岁的她是农村里难得一见的美人，身材微丰，白皙清秀，眉目如画。这样漂亮的人到了我家，面对贫寒的家境眉头都没有皱一下，看到我们在搓棒子，她蹲在院子里的笸箩前，直接上手开始干活儿。看着她亲切的、温暖的笑容，我的距离感一下子消失了。

嫂子家里是不同意她嫁到我家的，舍不得让她受苦。但哥哥强烈的追求打动了她，同为小学教师的嫂子和哥哥工作都很认真负责，善良热情的他们互相欣赏。嫂子说："苦一点怕什么，日子是人过出来的。"她就这样开始了艰难的征程。抱柴做饭，洗衣洒扫，这些在娘家不用她干的活儿都开始上手了，总是被照顾着的她开始照顾人了。家里人口多：年老的奶奶，暴脾气的爸爸，还有三个年幼的小姑子……婚后的嫂子有多不容易啊！但她总是念着大家对她的照顾和关爱，嫂子善良的心如尘埃中一朵晶莹的花，花香芬芳了多少艰苦的年月。

嫂子婚后两年，我考入师范学校，离家求学。嫂子一手张罗，为我准备要带的生活用品。她说我平时盖的被子太旧了，就拿出她结婚时的一套新被褥、新枕头，给我打包带走。轻暖的喜庆的新被褥，折叠着嫂子从姑娘到新妇的青春美丽的憧憬，折叠着她对我的爱和祝愿。

人们都说长嫂如母，这话在嫂子身上得到了印证，因为有你，我失母的心有了一个温馨的依凭。嫂子送的这套被褥我用了很多年，里面满满的都是阳光的味道，这味道，和嫂子给我的很多关爱与帮助一起，在我坎坷多舛的人生路上，在我烦琐多难的尘世之中，开出了温润如玉的花朵。

桃李满园别样春

老人们都说，二月二龙抬头，龙抬了头，春天就真的来了。因为，春雨会跟着播洒，土地会跟着苏醒，春的喜悦在每一棵树、每一根草、每一朵花苞的心里流淌……这是一个多好的日子啊，和大家一起庆祝的同时，每年的这一天，我也有自己小小的欣喜。因为据说，这是我的生日。之所以用据说，是因为母亲早逝，大人们已记不清我的生日了，还是表姐说，是二月二吧。而自从我与讲台结下了不解之缘，我的生日里，就总是会盛开一个个别样温暖的春天。不会忘记我的学生给我的祝福，因为我们纯朴的师生情谊，这样的春天常常满是惊喜和幸福。

傍晚时分，我正在厨房里为儿子的晚饭忙碌，正在写作业的他忽然走进来跟我说："妈，你的学生们给你庆祝生日来了！"我一下子反应不过来，及至出了厨房，看到一张张可爱的笑脸，闻到百合花浓郁的香气，才知道真的是我的孩子们，是他们来了，他们把教室里师生之间那样纯真的情谊带到了我的家里，带到了我的生日里，更带到了我的生命里！我抱着鲜花，读着卡片上的生日祝福："祝心盈老师生日快乐，笑口常开，青春永驻！"（孩子们喜欢用我的笔名称呼我。）听着孩子们活泼的笑语，心里满满的幸福快要溢出来了。梁子珊在旁边高兴地说："老师，我同桌也来了！"果然，卡片上的集体签名里第一个就是：田梓玄。然后依次是田亚坡、赵天昊、梁子珊、杨祎铮、杨祎铭。

虽然田梓玄不是我的学生，虽然我还没有见过她，但是她的名字实在太熟了，李嘉轩和我说过，梁子珊也说过无数次，寒假里我们还通过QQ聊了很多，生活上的、学习上的各种话题。早就想见见这个盛名在外的女孩了，把怀里的花请一个同学帮忙抱着，我说，我要和新同学拥抱一下。田梓玄有点不适应我们这样热烈的氛围，这个美丽的小姑娘温柔地笑着接受了我的拥抱见面礼。

"老师老师，程子轩失踪了！""老师老师，陈子任也想来，但是太突然了，他说他要准备准备。""老师老师，程子轩本来和我们一起来的，忽然就看不见他了！"孩子们七嘴八舌叽叽喳喳围着我又说又笑，真是好不热闹。真喜欢这群无拘无束天真烂漫的少年啊，被这样的热情拥抱着，春天在我心里蓬勃盛开。

"老师，你从花里面找个东西。""老师，花里面有个好东西，挂着呢！""快找快找。"这束鲜艳缤纷的花让我无酒也醉了，眼神空前不好使，好一会儿才发现有个小手链挂在里面。"老师老师，田亚坡太笨了，编个手链还编个这么小的。""老师，"田亚坡用他一贯的可爱加幽默的表情，头歪歪的一点一点地说："老师，我比着我的手编的，结果只有我戴着合适，原来我的手这么小啊。"呵呵，我握着他的手，果然比我小一圈。没关系没关系，还没等我安慰他，他早就乐观地想出办法了："正好老师就收藏着吧，留作纪念，永远不会坏掉。""哈哈，好的。"我点头表示同意。

我拿出元宝巧克力款待孩子们，家境优渥的孩子们不缺零食，但是这样的氛围里，普通的零食都成了可口悦心的美食。他们在我家的几个屋子里来回跑，一会儿剪刀石头布，一会儿追逐打闹——笑语如珠，撒满了这个幸福的日子，这个日子从此在我的生命里熠熠生辉。

现在的孩子，文化课学习负担都很重，孩子们多么累啊！抵触情绪或多或少一定有，不喜欢班里的老师一定很正常。我设身处地，实在是很理解孩子们，更心疼他们，所以我努力地把课上好，设计学习活动，与孩子们一起做学习游戏，我们像一家人一样快乐地学习。而孩子们，能够对我如此认可，甚至如此爱戴，这是怎样真挚、怎样深厚、怎样美丽的感情啊！二月二的鞭炮声走远了，龙抬头抬起的这个别样春天却永远盛开在我的生命里。

儿子说："妈，你太幸福了。我真羡慕你。我想全家都很羡慕你！"我说："是的，我很幸福。但是你一定要知道，幸福的得来要靠你去努力。你认真去做事情，你努力提升自己，让自己更优秀；你对人真心好，你关心人、爱护人、帮助人；你真诚、热情、正直、善良；你心疼弱小，你珍惜美好……那么你也会像妈妈一样，得到这样温暖的春天，得到这样美丽的幸福！"他似懂非懂地点点头。

孩子们，你们懂了吗？你们一直听老师的话，你们给了我这么多这么多，这个生日因为你们而有了别样的意义。相信老师，你们将来，好好努力，也一定会收获属于你们自己的精彩和美好的幸福！

我依然，是你们离开时的模样

正月初三，六月初一，七月十五，十月初一，在我的家乡，我的小村庄，一年里有四个日子，于清明之外，是和清明一样的，千百年来绵延不绝的爱。

每到这样的日子，我都在路边摊上买各色纸钱，还有五谷杂粮，还有水果蔬菜，还有楼房别墅，还有……这些纸做的艺术品比我能想到的还要全。还有超市里买来的点心——比纸上画的要简陋多了，但是这些加起来，才是对父亲、对母亲、对爷爷奶奶……对一切已逝亲人的盛大祭奠和深深的爱。这爱，本来一直是用最朴素最实际的心愿来达成的——已逝的先人们，无论生前多苦多艰难，都能在这四个日子里，收到来自儿女们的财富。在另一个遥远的世界，他们，不贫穷。将纸钱焚在先人们坟前，这个祭奠的风俗，伴随了家乡人，伴随了我们兄妹很多很多年。每次，与纸灰一起飞扬的，是我们的低语：爸爸，妈，给你们送钱来了，想吃什么就买点什么吧，喜欢什么就买点什么吧，别老省着了，照顾好自己啊……

在广袤无垠的田野，这样的烟尘与低语，如此稚拙，又如此朴厚，如同脚下的大地。我的眼睛，被风弄哭了。

分明地，我听到风的叹息：唉，小丫头，是你把我弄哭了。

来处已远，归途正长。只有风知道，在爸妈面前，我还小，还是你们离开时的模样。

2019 年，伴随着雄安新区建设的进程，那些安眠于地下的先人们也被吵醒了，他们被率先乔迁，安置于一个临时存放点。我的父老乡亲们，用大地一样广博的心胸，接受了这个变化，帮他们搬到了临时的"家"。搬离之后每逢这些日子，仍有很多人，买了鲜花，又买了那么多纸钱。请原谅他们，从纸钱到鲜花，总要有一个适应的过程。

变了的，是方式方法。不变的，是情感情怀。

心在，则礼可不拘。爱在，则人自安然。

来处已远，父母已早早地让我的人生只剩了归途。伤心无助的时候，我知道他们都在大地上。正如这六月初一的时节，麦子已收割，空余黄金色；玉米正幼小，是饱满的蓬勃的绿。我的归途，可以走得很稳，很有力；很好，很长久。

泰戈尔说："给我力量，让我悠然承受悲欢。／给我力量，使我的爱在奉献中果实累累。／给我力量，高扬我的心志，超越日常琐事……"

而我想说：我用破碎的经历和丰厚的乡土，蘸着阳光，采摘蝉鸣，种下无数美丽的诗句。相信总有些晶莹，能推开沧桑的过往，在泪雾里诞生。

在这片亲切的麦田里，我依然，是你们离开时的模样。你们也依然，还是从前年轻时的模样……

又见家园桑葚紫

下雨啦，下雨啦！树枝摇摇，好一阵密密的甜甜的"桑葚雨"。桑树下休闲的人们弯腰捡拾，孩子们高兴地跑来跑去。高大的桑树上，是我50岁的哥哥，他灵巧地在树枝间腾挪，选个桑葚丰收的树枝就冲树下喊："注意，该摇啦！"人们就先躲开，避免桑葚掉到衣服上染了色。初夏明亮的阳光透过桑树的枝叶，给哥哥的身影镀上了一层金色的光芒。他摇一阵树枝，趁人们捡拾的工夫，就自己吃一阵桑葚，看大家捡完了就又摇一阵……

又是一年桑葚熟，这个周末，因了哥哥，时光流转，夕阳里映出童年的镜像。那如老照片一样的记忆画幅，恍然如昨，似乎是可以从时光的邮箱里下载到眼前，再一一打开触摸的。

"70后"的童年，没有各种高科技的休闲娱乐，我就在自己的小村里奔跑，玩耍，长大，大我7岁的哥哥是我唯一的偶像。因为我的哥哥文武双全，他学习成绩优异，有满墙的奖状，考上了那个年代只有尖子生才能挤进去的师范学校；他身手不凡，晚上出去玩从不让我们给他留门，门尽管插好，他翻墙进院。关键我家门外的小胡同连助跑的距离都没有，他总是快走两步，一只脚在墙上一点，两手撑一下墙头，另一只脚就翻过去了，身轻如燕，落地无声。再加上哥哥长得帅，还几乎什么都会，很多小孩都崇拜他。

比如他字写得好，各种各样的球都打得好，下棋下得好，饭菜做得好，种地是把好手，还能让一棵树上结两三种果实。宽敞的农家院，果树四五行，树下蔬菜一畦畦，品种繁多，普通的院落硬是让他写成了一首田园诗。

可以笔走龙蛇，纵横江湖，也可以"开轩面场圃，把酒话桑麻"。如果不是脾气太大，哥哥的人设堪称完美。记得小时候，我最怕爸爸和哥哥发脾气，尤其是哥哥还管着我的学习。上学之前，哥哥就搬个小板凳，用作业本的背面教我识字、做题。上学后，我偷偷看闲书，听到他的声音心里就一哆嗦，赶紧藏好，心"咚咚"跳着，等他去忙别的事了，再偷偷拿出来看。偷看武侠小说的时候，心里还想，不知哥哥是哪一门哪一派的，拜谁为师？现在看来，当是自学成才。

"桑葚熟啦！周末带你们去摘桑葚吧，有多少烦恼也都不叫事儿！"50岁的哥哥，照顾起四十多岁的妹妹和妹夫来，就像对待小孩子。虽然一直在教学一线忙碌，有时候我都替他感到屈才，但哥哥的心态非常好。"都无晋宋之间事，自是羲皇以上人。"哥哥喜欢的，始终是淳朴自在的田园生活。在他看来，"若教王谢诸郎在，未抵柴桑陌上尘"。每年春天，他摘了香椿给我送来；初夏，带我们去摘桑葚。自己种的水果蔬菜更是常常专程送给我们尝鲜。小侄女在北京上大学的时候，他骑自行车一天之内往返几百里路去看望，而且还转了北京的几个公园，在高铁、公交、自驾都很方便的现在，他的厉害令人啧啧称奇。我的公公婆婆都很喜欢他，一个劲儿夸："就喜欢你哥哥这样的，又能干又不嫌麻烦。"

在雄安新区设立之前，他曾不只一次跟我聊他的晚年计划："等我退休了，就回南河照村种菜。到时候骑个自行车，西到容城给你送，东到白沟给建华送，纯绿色天然无污染，你们就不用买菜了！"我说："好啊，最喜欢吃你亲手种的，味道就是好，到时候就有口福啦！"

如今，因为雄安新区的突然到来，南河照村就要随着周边很多村庄一起拆迁了，他憧憬的晚年"榆柳荫后檐，桃李罗堂前。暧暧远人村，依依墟里烟。狗吠深巷中，鸡鸣桑树颠。户庭无尘杂，虚室有余闲"几近成了梦幻。但是他一如既往心态好，雄安自然需要我们这一代奉献和付出，我们期盼着新区能造福桑梓，遗泽后世。

家园桑葚紫，50岁的哥哥，从不知老之将至，容和绿道上那么高大的桑树他噌噌几下就爬上去了。只要心中韶华依旧在，试问何物可减流年？

我愿为你变得柔软

一早上起床，刚走了两步，拖鞋底儿掉了。这双凉拖鞋已经穿了三个夏天，和另一双换着穿，所以两双拖鞋都是隔一天就跟着我洗一次澡。总是这么戏水，三年，已经是很高寿的拖鞋啦！可是我拿下来看了看，发现还能缝好，就在婆婆屋里找来针线，坐在客厅沙发缝拖鞋。

婆婆从卧室出来看到了，惊得嘴巴张得圆圆的："啊？你这是在干嘛！拖鞋坏啦？"我笑着点头。她蹒跚地走过来，眯着眼睛看了看，一脸嗔怪："这不底儿都掉了嘛！你快别缝了！快买一双去吧！""没事儿，"我一边说一边接着缝，"缝缝还能穿。什么时候穿不了了再说。"婆婆还是不同意："你快买一双去吧！一会儿别扎了手！"我笑说："放心吧！没事儿。你看你有个多会过日子的儿媳妇，你就偷着乐去吧！"婆婆听了，哈哈大笑，眼睛都笑成了一条线，脸上的皱纹笑得如同干涸的土地上盛开了一个春天："那是，我这个儿媳妇儿，比谁家的都好！"

婚后一直跟公婆住一起，搬了两次家也都是一起搬。这样其乐融融的画面是我家常有的景象。这么看起来好像我和婆婆性格都特别好，一定不会吵架。其实不然，勺子碰锅沿真有几次碰得响声挺大的。因为婆婆是女强人，年轻的时候叱咤风云，独当一面，到老了，也不是个很慈祥的老太太，依然说话很冲，雷厉风行。我呢，从小是考全校第一长大的，凡事太自信的毛病总是改不了，加上毕竟年轻，很多生活习惯和老辈人也不一样，遇事总是容易争个对错。当然，这种争执通常以友好结束，大多是最后婆婆认同我，我也包容了婆婆那些锥子一样尖利的话语。

那次又因观念不同和婆婆争对错，一不小心争执升级，婆婆生气了，气话就开始口不择言。我深深受伤，头一次也是唯一的一次因为与婆婆口角而跑回家，找哥哥嫂子哭诉。夜深了，我独自躺在侄女的床上，想着别人受委屈了有娘家可回，我却早已无父无母，更是忍不住悲从中来。泪光中，忽然听到客厅有人说话，原来是婆婆不放心过来了，我听到她说："建英哪都好，平时对我们老两口照顾特别周到，做饭洗衣看病陪床……我们爱吃什么她都记得一清二楚，做得太好了！就是小脾气有点固执，非让八十岁的老人承认错了不可。"

哥哥说："肯定是以前上学做题的后遗症，老想做对了，给别人改错。家是讲爱的地方，不是讲理的地方。"

我默默听着他们说话，心里的委屈和不甘慢慢融化，是啊，家是讲爱的地方，老人那么大年纪了，就是有错，那种坚硬的处理方式也是不对的。

想起婚前，婆婆说："你没妈了，我就把你当闺女吧！"婚后二十年来，她操心费力任劳任怨，一切都是为我们着想，很少想到她自己。有了好吃的，先让别人吃，她不吃；有了脏活儿重活儿，她冲上前去，能不麻烦别人就不麻烦别人。

在时光的画幅里，婆婆用她的细心、真心作笔，饱蘸着淳朴炽烈的爱，绘着明亮温暖的色彩，一笔又一笔，慢慢织成彩虹：记得我生孩子坐月子正赶上过大秋，她又要忙地里的活儿又要伺候我坐月子；我身体不好，她连哄带劝，不厌其烦给我熬草药；我贫血，她买红糖买大枣，有什么好吃的先让给我，她说我要给你买、给你留最有营养的东西；我怕凉水，她就负责洗菜，负责把冰箱里冻的肉切好；常常一回家，就能听到一句暖到心窝的话："我又给你买了你爱吃的水果，快吃吧！"……在我来到这个家之前，家里的一切都是婆婆说了算，而今，家事无论大小，她都要先问问我，尊重我的意见，为了我，她的脾气已经改了很多。她说："一家人，互相迁就点呗。"

在岁月的溪流里，我也在用我的善良和热情让公婆的晚年生活水波明丽：我从小就什么家务都会做了，公婆年纪大了，我就里里外外多干点；平时做饭，炒菜软一点，不放辣，人老了肠胃弱；去饭店吃饭，看到有什么是老人爱吃的，就给他们带回来；婆婆生病住院，我贴身照顾端屎端尿，不嫌脏不嫌累……因为公婆都是俭省惯了的，我就也尽量节俭过日子，让他们开心，这就出现了开头缝拖鞋那温馨的一幕。

我们都是有个性的人，我们更是最善良的人。婆婆说，既进一家门就是一家人，彼此不习惯，慢慢适应吧。我说，感谢您对我母亲一样的爱，我会慢慢放下自己的好胜心，将坚硬的处事方式逐步变得圆润，让自己变得更加柔软。人生的长河中，我是一朵小小的水花，愿用一颗洁白如玉的心给你的晚年折射更多幸福的阳光。

草珊瑚、西瓜霜、手帕纸和苹果

在我的书桌上，那几天，一直摆着一个苹果，一个很普通却很美丽的苹果。它有着柔和的颜色和芬芳的气息。看到它，腿上的伤痛似乎已荡然无存，耳边，始终回响着一句真诚而温暖的话语："老师，送您一个苹果，祝福您平平安安！"那一刻，我真的好幸福。仅仅因为我摔了一跤，就收到了这么美丽的祝福，多好的学生呵。

很多人都说，我喜欢笑，我的脸上常常笑意盈盈。为什么不笑呢？如果天空，在风雨之后，有美丽的彩虹；如果季节，在严冬之后，是温暖的春天；如果花儿，在离去之后，是芬芳的果实；如果心灵，在播种之后，是满满的幸福……那么，为什么不笑呢？

如果，当我不小心洒落脆弱的泪滴，讲台下有一双温暖的小手默默地递过一张手帕纸；如果，当我忍住嗓子的疼痛，坚持讲完一节课，有同样温暖的很多双手塞给我西瓜霜和草珊瑚；如果，生活中的每时每刻，我都能看到一双双关切的眼睛，感受到一颗颗善良的心灵，沐浴在那样真诚而温馨的氛围中……那么，为什么不笑呢？

是啊，又是为什么，笑容会常常离开我？

我知道生活有酸甜苦辣，就像我知道天气有风云雨雪，时光有日夜更替、岁月轮回一样。我知道我的笑容背后，有很多泪水哀愁。幸福不能忘记，伤痛也时时来访。多少次，也曾为了学生的调皮而烦恼而伤心，甚至大动干戈；多少次，也曾为了学生的犯错而牵挂而忧虑，甚至深夜无眠……

还记得当初了解到所接班级的学情，不免心中沉重。只是面对一颗颗积极向上的心和一个个顽强拼搏的身影，我又怎能不扬起自信的风帆？我感动于大家的伏案苦读，我感动于大家信任和支持的目光，我感动于我们共同奋斗和耕耘所收获的硕果。

还记得常常由于自己的自制力不够强而在课堂上大发雷霆，我知道我应该怎样做，我知道我远远不够完美，而被我用分量很重的话语深深伤害过的学生却从没有记恨过我，很多同学反而不忘课后劝慰我，这是怎样的宽容与理解呵！这是怎样的博大……每一次的无心伤害过后，我都深深地后悔，我知道那同样也是对我很重的伤害，因为我竟然在那些时刻放弃了对学生本质的坚信，对学生美丽心灵的坚信，放弃信仰的本身，就是一种莫大的痛苦呵。让我们一起携手，共同来缔造更美丽也更坚定的信仰！

我相信信仰有美丽的力量，因为我始终记得，那些西瓜霜、草珊瑚、手帕纸和苹果……所带给我的温暖。生活不相信眼泪，但是生活相信真诚，相信付出，相信善良。有一天，这间教室里，一切都会远去，留下来印证往事的，是这份永远美丽的情谊……

山路上的成长

时至清明，天气和暖，正是群芳吐蕊、万卉争荣的大好春光，想起一句歌："山上的山花开呀，我才到山上来……"春装已轻盈在身，与山亲近的心情正随着春的脚步走来，告诉我不要再等了，伴着星星点点的山花和刚刚萌芽的绿意，爬山去！

走出户外、亲近大自然是我对儿子一向的期许，只可惜他好静不好动，很难动员他出游。这次，借着他一个好朋友的力量和我的游说策略，终于说动了，同意一起去旅游。

去蚕姑坨的路上，儿子本来兴高采烈跟他的朋友有说有笑，时不时给我们讲讲他学到的东西与现实的联系，一路上一直很在意自己的发型，一开车窗就怕把发型弄乱，笑死我们了。等到因为遇到集市而绕行，路有点远又不平的时候，有点晕车不舒服的儿子就开始念叨了："其实我不喜欢旅游，我就是想出来吃点好吃的……"唉！儿子，你都已经那么胖了，咱是不是该想想怎么多运动？

等到了山脚下，知道要爬山，虽不情愿，儿子也还是跟着一起爬了，于是开始了边走边劝边催边鼓励的漫漫山路之行。虽然山还未全绿，但新叶已萌发了不少，正是生机勃勃的大好时光；山花时时带笑相迎，给了我久违的惬意。山顶上的小红旗是我们的目标，山下人家说我们用一个小时，你们要用一个半小时。事实证明，少说了一半时间。儿子是使时间拉长的最大原因，他走几步，喘气，歇了；鼓励鼓励，再走几步，再喘气，再歇……爬得好慢啊！后来快到山顶了，怎么催怎么鼓励也不行了，而且明确表示："妈你别催我了，你看你还强硬地拉我，你这样我根本就等于没歇……"好吧，实在三番几次催不动，我们只好留给他一个手机，让他自己觉得歇够了就去追我们，我们在山顶等他。

其实心中也忐忑，把刚上七年级没怎么出过门的儿子一个人丢在山腰，行吗？不过想想山顶上的小红旗目标还是很明显的，他也能看到。他实在不愿意爬我们只好再回来找他。等到我们终于到了山顶，到了小红旗目标，才发现距离儿子歇息的地方其实很远。可还没容我们多歇会儿、多等会儿，我手机上显示了一个北京陌生号码的来电，接电话一听，儿子说："妈你们在哪儿呢？我到老君堂了，你给我的手机没电了，我借了个手机给你们打电话……"孩儿他爸一听激动极了："老君堂！他已经到老君堂了！我刚从那儿过来。快到了，告诉他我们在小红旗等他！"我嘱咐儿子要谢谢借给他手机的叔叔，没几分钟，儿子就上来了！看到他的那一刻，有着"久别重逢"的莫大惊喜！儿子没有半途而废，他自己爬了好长的山路，遇到左右都有路、手机又没电的情况，他能够跟陌生人借手机打电话，最终到达目的地的时间只比我们晚了几分钟。对于不好动又内向的儿子来说，这些都是可圈可点让我惊喜的成长！就像同事所说的，看到轩轩的那一刻，小伙伴们都惊呆了！满怀喜悦，我给了儿子一个大大的拥抱，一边说着："轩轩，见到你我太高兴了！你太棒了！成功啦！你是我的骄傲！"面对我萌萌哒的举动，他只说了两个字："别闹。"然后开始感慨："一览众山小！"

下山时，他给我们讲物理课上学的惯性，讲各种他学到的东西。回家的路上，他又开始给我们讲科学知识："这个晕车是怎么回事呢？就是大脑判断出人正在高速运动，可是明明身体又没动啊，坐得好好的，这到底是动呢还是没动呢？于是大脑就整不明白了，就晕了，人就不舒服了。这个时候打开车窗，有风，大脑就想，噢，是让风给闹的，它就稍微明白点了，人就跟着舒服点了。所以要开着车窗通着风，感觉才好点……哎呀，还是别吹太大风，发型全乱了！"哈哈哈……车里笑声一大片，没想到知识讲到最后，是这样结尾的！

讲着讲着，儿子在车上睡着了。我看着他睡得甜甜的样子，心里说：轩轩，我知道你不喜欢爬山，但是我多希望能跟你多爬几次山，因为，这山路之上的收获和成长，是你宅在家无法学到的……

雪天路滑，醉在暖暖的烟火气息

今冬气温较往年高，常常有暖暖的艳阳天，就连下雪都是不一样的。再过几天就冬至，昨晚雪花终于在人们渴盼了很久的目光中飘起来了，落到地上，却瞬间融化，地上湿漉漉的全是水。到夜里气温降到零下，一定结冰，路滑是肯定的了。

早上起来，微信里已有朋友送来嘱咐：走路慢一些，天冷路滑，注意安全和保暖。关爱透过手机屏幕氤氲开来，还未出门，心里的暖已经如花盛开，明艳芬芳，将昏暗的天气也映亮了。

7点多，正在紧张准备早饭，孩子爷爷忽然穿得厚厚的从卧室里走出来，问我："需要买菜吗？我出去。"我和孩儿他爸赶紧拦住："干嘛去？路滑！"他说："我去百乐百货买豆包去，想吃豆包了。""哎呀，"我说，"中午我下班给你捎回来吧！昨晚下雪，地上又化了，今天肯定一层冰。"孩儿他爸说："刚才校长还专门在学校群里嘱咐了呢！让小心点，说路滑着呢！你可别出去啊！八十多岁了摔一跤可了不得。"暖心校长，这个学校老师有福气。孩儿他爸嘱咐完了急急忙忙去上班了，他路远，又比我上班时间早，我可以早上忙些家务。孩子奶奶听到了，也急忙出来劝："晚点吃豆包不要紧，摔一跤就麻烦了。没见一起在花园待着的老头老太婆们已经摔过好几个了，都是把胯摔断了，好长时间起下不来床。"孩子爷爷听话地脱下羽绒服，去看电视了。

几分钟后，孩儿他爸打电话来了，说可别出门呀！路真的滑！而且还在飘雪花呢！"孩子奶奶说："哎哎，我们不出门，就在家待着。"

我熬好了粥，孩子奶奶又问我："你是怎么做到熬粥又黏乎还不糊的？我怎么老熬糊了呢！"我说："你就是老怕不黏乎，熬时间太长了，就糊了呗，你每次都熬糊了，我还以为你就喜欢糊点的呢。"她说："哪呀，我还是喜欢喝你熬的，我就是不知道怎么的，每次都熬糊了。"我说："那还是我给你熬吧。"吃着饭，孩子奶奶忽然想起一件事，说："昨天孩子大姑说今天来给送蜂蜜，这天气，这路，快别让她来了。"孩子爷爷说："那你赶紧打电话呀。"孩子奶奶说："不能现在打电话，现在正好是她上班路上了，上班路上接电话多不安全呀，我估摸着时间，等她到了单位我再给她打。本来她也是说下班后来送，那我在她上班时间打，肯定就不会晚的。"也只有天下的母亲是这样心细到毫发的吧，打个电话也要算着时间啊。这暖暖的亲情让寒冷的天气也变得温柔起来，明亮起来。

我收拾好了上班去，走之前跟孩子奶奶商量好了，中午做什么饭，她负责择菜、洗菜，回来我再炒就可以了。然后我打开家门往外走，刚走了两步楼梯，孩子奶奶打开门，冲我喊："建英！你也要注意啊，走路不要那么快了，要慢一点！"我说："哎！放心吧。"然后我看了看时间，离上班时间还早，时间很充足，想着要不先跑一趟百乐百货吧，毕竟就在小区门口，先把豆包给孩子爷爷买了，万一中午下班前再去，豆包要卖完了呢？

等从单元楼门出来，看到天上飘着密密的雪花，而路上已经开过了很多车，车子的热气使得路上早已没有冰和雪，全都是湿漉漉的，踩上去咕叽咕叽响。路两旁的人行道上则是有薄薄的积雪。不管是在积雪上面走，还是在泥水上面走，对于八十多岁的老人都真的太危险了。等我来到百乐百货，就还剩一袋豆沙包了，没想到天气这么不好，人们仍然都出来买早餐。心里庆幸我决定提前来是正确的，要不然中午下班前再买，真没有了，那老人今天也就吃不上了。买完了回家，孩子奶奶给开的门，一见我真是兴高采烈，她本来就担心孩子爷爷不听话，万一等会儿自己偷偷跑出去，那可就太不让人放心了。我简单说了两句，赶紧上班去了。

　　从小区出来，看到环卫工人正在将雪往路边的绿化带扫去，已经扫出了一条路。雪不停地下着，环卫工人也不停地扫着。远处交警又开始在路口执勤了，不管夏天多么热，冬天多么冷，是刮风还是下雨，是降霜还是飘雪，为了路人的安全，他们都一如既往。这个世界上，有多少人，在我们岁月静好的背后，默默地为我们铺设着时光安稳的路。

　　虽然生活并不容易，虽然人生总有很多烦琐艰难，但这尘世间总有些暖暖的烟火气息，让我们沉醉，给我们明亮的力量，所有的阴霾就都会败下阵来。生命中总有些花朵，会凌寒盛开。

生气，是爱的另一种表达

"老师您别生气了，祝您圣诞节快乐，都是我们不好。"

"老师我们在上课时惹您生气了，我们以后不会让您生气了，今天是圣诞节，我们祝您圣诞节快乐！"

"老师是我惹您生气的，但是我还是想对您说：圣诞节快乐！"

"祝老师圣诞节快乐，长生不老。"

"心盈老师您辛苦了，可是孩子调皮是可以理解的，老师别生气了，圣诞节快乐！"（娟秀的小字，还细心地在下面画上两个抱在一起的苹果和一个LOVE）

"老师我们在这里听您讲课很高兴，我们不会再让您生气了，祝您圣诞节高兴！"

"老师您辛苦了，您是全世界最细心的老师。"

"老师圣诞快乐，您别老生气了。"

……

我一张张翻看孩子们在圣诞节这天的课间写的小纸条，看到这张"您别老气生了"，我忍不住就笑了起来，这孩子，粗枝大叶的，但是这样的孩子往往又是不拘小节的。看到"老师我们在这里听您讲课很高兴，我们不会再让您生气了，祝您圣诞节高兴！"我是真的高兴和欣慰，见过祝节日快乐的，还没有见过祝节日高兴的呢！多有创意啊。而且辛苦耕耘，换来孩子的一句"老师我们在这里听您讲课很高兴"，我知足了！因为我的课堂被孩子们喜欢，孩子们高兴，还有什么比这个更让老师满足的呢？心里满满的幸福快要溢出来了。性格无所谓好坏，我们要做的是尽量趋利避害，将自己性格的长处发挥出来，尽力纠正性格因素有可能带给我们的失误和偏差，避免因此造成的孩子成长中的损失。就像孩子们之所以集体给我写纸条，正是因为他们所说的，我在上一节课跟他们"生气"了。

班里有几个活泼的孩子，我一向很喜欢他们，欣赏他们的闯劲，我的孩子就太沉默寡言，还是活泼大方的孩子将来到了社会上才能更好地抓住属于自己的机遇。这是这些孩子性格的优势，我也鼓励孩子们要敢说，敢于表现自己，多锻炼自己。只是物极必反，有些孩子就未免调皮得过头了。就像上节课，我设计了一个学习活动，"文字大拼盘——神奇的汉字"，需要小组合作，合作过程中我就看出了孩子们各自不同的状态以及他们的性格特点。有的孩子很主动，很有领导才能，自动就挑起了组长的重任，将本组组员很好地组织在一起"共商大计"；有的孩子就被动等待；还有的孩子介于这两者之间；另有几个孩子坐也坐不住，遇到这样的学习活动就莫名兴奋，在讨论环节结束，我说"各就各位，坐好！"之后，他们迟迟不肯坐好，而且声音很大地营造着课堂"热烈的气氛"，好不容易坐回去，还是有人到处跑，我嗓子都疼了，气得大喝一声"坐好！坐正！"，孩子们这才忽然鸦雀无声，端端正正地坐在自己的位子上，目不转睛地看着我，似乎在奇怪：这么温柔的心盈老师也会生气呀？（孩子们喜欢称呼我的笔名。）我说："如果你们不相信我的脾气，去问问我儿子，我是怎么管他的？再去打听打听我以前教过的你们的哥哥姐姐们，张老师生气了，后果很严重！你们这是赶集呢，还是上庙呢？让你们逛大街来了？这是课堂！该讨论讨论，该听讲听讲！……"接下来我点名表扬了几个一直遵守纪律的同学，批评了几个调皮捣乱的同学，嘱咐他们遵守课堂纪律，学习第一，快乐重要，收获更重要，老师是心疼大家太辛苦了，所以动脑筋给大家设计学习活动，一定不能本末倒置呀！

后来的课就上得很好了。下课了，曾经在教师节那天成功地组织了一次"给老师送惊喜"活动的罗斌同学，先是去外面转了一圈，回来之后对教室里其他同学说："都出来都出来，一起玩！"他一边说，一边在地上弹跳，那样子憨态可掬，小小少年，青春的风采之中尚有童真的稚气，可爱极了。我微笑了，忍不住帮他招呼："都出去玩会儿吧，透透空气。"孩子们陆陆续续出去了，我想起罗斌曾经在教师节组织的那次活动，心里就暖暖的，我还特意写了一篇文章《心暖花开》。那次罗斌的策划与组织能力让我对他刮目相看，孩子们的心灵世界是那么纯、那么美。

很快又上课了。我刚要讲课，孩子们纷纷说，"老师等一分钟！""老师伸出手来！""老师你闭上眼睛！""老师你再写一篇文章吧！""老师，记住不是毛毛虫（这个典故见《心暖花开》）哟！"……在一片热情的喊声中，我的手上很快又堆满了纸条。不用看也知道，纸条上有着怎样温馨的话语……那一刻，我真的百感交集，刚刚对他们发了脾气，他们不生气不怨恨，还是那么深地爱着我！记得曾经在一篇文章中说过，胸怀最广的人其实是孩子，他们包容了父母太多，包容了老师太多，包容了这个世界太多……成人后有谁对他人的责难能像孩子对父母、对老师一样没有一丝芥蒂呢？当老师十多年了，发过的火儿自认是数不清的，可是我以前的学生们谁也没有记恨过我；我所任教的班级是一个幸福的家。孩子们都有上进心，我看着他们一点一点地进步，看着他们一天天长大一天天成熟，心里是一种耕耘后的充实和满足。孩子嘛，犯错误是难免的，管不住自己也是难免的，一般情况下我舍不得跟他们发脾气。这次的发火实际上远远不是我脾气最大的时候，但是孩子们还是纷纷表示了他们的歉意和诚意！看着纸条上这些真心的话语，我真的觉得我很富有，很富有……

　　毕淑敏曾写过一篇文章，题目是《孩子，我为什么打你》，爱之深，才责之切啊！不爱，就不会气。记得张爱玲曾经对感情有过一句很经典的话，我觉得适用于所有的人类情感，大意是这样的：一个人最悲哀的，不是你记挂的那个人恨你，而是多年后，在大街上偶遇，他对你说，对不起，你是谁？冷漠，才是爱的最终缺失。

　　曾经对我的孩子说过，管你，因为你是我的孩子，因为我希望你好；曾经对我教过的一届又一届学生说过，管你们，因为我是你们的老师，因为我希望你们成长得更好！如今，我只想对我的小班里的孩子们说：喜欢你们、夸奖你们和生气批评你们，都是因为你们既是我的学生，又都像我的孩子，因为我是那么深地爱着你们，那么想要你们努力做得更好……生气，是爱的另一种表达！

笤帚里的父亲

炎炎夏日，当我们还在清晨的凉爽中沉于睡梦，父亲早早就出门了，骑着一辆"大水管"自行车，车后面绑上几十把笤帚，走街串巷甚至到几十里外的容城县城和白沟去卖。有时很顺利，卖完八九点钟就回来了，吃些给他留的早饭；有时要到快中午才卖完，再回来就吃午饭了……我们常劝他在外面买点吃，别饿着，但总觉得他根本不听劝，一定是舍不得花钱买一点吃的，但是他却常常在卖完笤帚之后，给我们买回水果。那时候总觉得这场景那么平常，如今再也见不到他老人家，只能在梦中再次走进那样的画面，才知道一切的平常与理所当然其实都是再也无法复制的珍贵拥有。

想起父亲，一切都还那么鲜明，一切都恍如昨日。只要忙完了农事，每天父亲都要早起去卖自己"刨"的笤帚（方言，即扎笤帚），卖完回来吃饭休息片刻，又要准备原料，继续刨笤帚，把第二天早起要卖的几十把笤帚刨好，常常要忙到夜里12点以后。后来我嫂子写过一篇文章，文中这样回忆："公公最爱吃饺子，爱吃大饼、炖猪肉白菜，爱喝山药粥，不爱吃面条儿、米饭。他说吃不饱，没力气。奇怪的是，他的肚子即使喝进三大碗粥，也是扁塌塌的。他又瘦又高，如果蹲下，双膝竟然会抵在鼻子下面。印象最深的就是在刨笤帚时，他的腰就像一张弓，随着牙咬住铁丝，腰一圈圈地收缩如练瑜伽般，几乎贴到了脚面，然后再一圈圈地舒缓展开，一把笤帚多少圈圈，就有多少次收缩和放开呀！我终于明白,老百姓为什么称之为'刨'笤帚,而不是'捆''绑'了,因为这一系列动作更像镐头一样深深刨入土壤。"

嫂子评价她的公公、我的父亲:"他黝黑的脊背,扛起这个家。执着顽强如斯,生命如光。"往往我们都在睡梦中了,他才忙完;我们还没醒,他已经走街串巷去叫卖了。我们的学习、生活,就靠他这样维持着。母亲病逝时,我有年迈的奶奶,有上学的哥哥,有两个妹妹(最小的两周岁),这就是爸爸当时面临的境况,这就是爸爸要挑起的重担,怎能不拼命劳作?怎样的含辛茹苦……他的个子近一米九吧(没有量过,只知道他进门必须低头,要不就被磕到了),体重只有一百零几斤,怎样的瘦骨嶙峋?我们除了尽量帮帮地里的活儿,做做家务,还有能帮他的,就是准备刨笤帚的原料了。那些年,这个活儿伴随了我们放学后的大部分时光。

刨笤帚的原料有高粱苗儿(也是俗称)和黍子苗儿,以高粱苗儿居多。高粱苗儿不是地里高粱刚长出来的小苗儿,是成熟的高粱穗脱粒后连同一截高粱秆儿在内,就成了做笤帚的原料。高粱秆儿圆圆的、硬硬的,色泽金黄,纤细美丽,但是要扎笤帚,必须将它们砸扁,再浸湿软化,然后再用铁丝将一根一根的高粱苗儿捆扎在一起(要想笤帚高一些拿着方便,就再绑上根竹竿或木棍),最后用硫黄熏得色泽鲜亮,就是成品了。我们要帮爸爸做的,就是将高粱秆儿砸扁。左手拿一束高粱苗儿,右手拿个粗木棍,将高粱秆儿的部分铺在一块平坦的石头上,用木棍反复砸,直到全部砸扁,放到一边,然后再拿一束,再砸。这个活儿很简单,不需要技术含量,但需要力气,需要耐心。哥哥力气大砸得又快又好,我们姐妹三个就苦不堪言了,蹲在地上一会儿脚麻了腿也麻了,手也疼了(很快便能磨个泡),胳膊也酸了,砸起的灰尘和碎屑还很呛人,那时候心里总是想着高粱苗儿少点吧,快点砸完早点歇会儿吧……殊不知高粱苗儿少点,笤帚就少,卖的钱就少,轻松是轻松了,拿什么上学和生活?那时候可想不到这些，每次看到爸爸卖完笤帚又走街串巷买回一大堆的高粱苗儿（家里自己种的高粱有限，很快就会用完），我们就唉声叹气发愁，这又要砸啊。尤其是夏天，烧烤模式的时候，闷热欲雨的时候，院子里的地面蒸腾着热气，空气中满是热浪，蹲在地上砸不了几下，腿肚儿里都是汗，蹲都蹲不住，一个劲儿打滑，脸上的汗滴下来擦得不及时都会迷了眼睛，手上出汗出得太滑了，都握不住木棍了。好在那时候虽然也腰酸背痛的，但年龄小，没有现在这样腰疼的病（腰椎间盘突出之类的），无论砸高粱苗儿砸多久，无论多么难受，这里疼那里疼的，歇歇就好了。爸爸也常常和我们一起砸，我们砸完了就没事了，他还要给高粱苗儿蘸水软化，还要刨笤帚，还要用硫黄熏，忙到大半夜以后还要早起（好像 5 点左右吧），顾不上吃早饭去卖，卖完回来还总加班再买回高粱苗儿，还总想着给我们买点水果。

爸爸脾气不好，非常不好，回忆起来，总觉得他的话从来不是用说的方式，都是用吼的方式。可是，那样的生活重压，那样的操劳过度，还怎样要他总是笑脸相迎呢。终于我们都长大了，都成家了，终于他不用再那么累死累活地干了（但他还是闲不住，我们都不在家，他自己一个人也要刨笤帚去卖），终于……在他有条件可以安享晚年的时候，他却连晚年都没有等到，才五十多岁就因急性白血病匆匆地永远地离开了我们。再也没有机会让我们能跟他叙叙天伦，再也没有机会让我们承欢膝下，再也没有机会让我们去再砸哪怕一根高粱苗儿了……

烟火人生，冷中取暖

和好友在菜店门口偶遇。彼时，我提着菜掀开帘子要出来，她掀开帘子要进去，我们同时惊喜。等到我俩站在人家菜店门口说话，不承想回头率开始超高了——因为她的一句"我知道你在看张爱玲，有机会跟你好好聊聊"，然后我的一句"我已经不看了，因为她的书，看过几本就好，不想全部看完了"，关于张爱玲的话题总是刹不住车，于是就出现了这样一幕有趣的现象：出来进去的人都为买菜而来，熟人打招呼也无非生活琐事，我俩却旁若无人地大谈张爱玲，身处烟火人生，买菜被文学撞了一下腰，回头率真是超高！

其实，读张爱玲的时候，心头那种沉重和凄凉也是人生不可或缺的一味佐料，甚至有的人生，沉重和凄凉绝对是主菜，可是，好在，在灰色涂抹了我大部分的天空之时，我可以选择抬头将眼光投向哪怕一点点的阳光、白云和朝霞晚霞……如果我能长期坚持努力这样去看，我的天空一定会越来越美丽和明亮。所以，即使沉重和凄凉是我曾经人生中的主菜，如果我无法将它们从我的餐桌上撤下，我也至少可以将自己的味觉专注在那些爽口的小菜上，时间久了，主菜的位置也就会被幸福和温暖替代。

我们都对张爱玲的才华很赞赏，对她一生的凄凉深感同情和怜惜。我说，她的悲剧性结局和她专注在人性的恶上有关。友说，她如果不碰到胡兰成而是碰到一个对爱情珍惜的好人，她的一生也许会充满阳光和温暖。我想也有道理。

但是我仍然感觉如果一个人没有从自己小时候不幸的家境所导致的性格缺陷中走出来，如果她成年之后始终关注的是人性的恶，那么她也很难收获生命中的幸福甜蜜。张爱玲是才女，但她不是智者。

想起自己的身世和经历。其实当 2003 年父亲去世的时候，我已经是父母三亡了。1977 年生父已离世，几个月后的 1978 年我才出生，无缘得见；1984 年母亲又永远地离开了；2003 年，刚刚得知自己的身世不久，待我如己出的父亲患急性白血病，两个月后匆匆而逝。25 岁时，父母三亡。怎样的苦痛？怎样的伤……小时候的成长环境自不待说，苦和泪是两大主菜。可是我从小就不愿意记住那些悲伤和沉重，虽然那时候爸爸脾气很不好，但是我宁可对他多一些同情和怜惜，而少一些埋怨和仇恨。何况他对我们兄妹四个一视同仁，都是那么暴躁。后来知道他不是我的生父的时候，我回想起来，他对我其实比对我的两个妹妹（他亲生的女儿）还要好一点呢。所以我说他待我如己出。我愿意抓住生活中的点点亮色大加渲染，无限扩张，让它们照亮我的天空。比如到现在为止，让我说小时候都有过哪些悲伤痛苦的时刻，我大多记不起；但是我始终记得的，并且每每在我再一次受伤的时候拿来给自己打气的，是爸爸给我的一句赞语，还是他跟村人闲聊时我听到的："我们建英又考了第一！"小时候就为了这句话，我也不考第二。还有，我上初中时爸爸顶着狂风骑自行车几十里路带我去配眼镜。我上师范学校，放假回家他会去买鱼买肉改善生活。毕业时他骑自行车去几十里外的车站接我。深深记得这几件事，数得清、说得清，也将温暖一生。

看了好友的日志，提到张爱玲的母亲对她的多次不爱，我其实孤陋寡闻，读张爱玲只读了几本，也只知道她幼时的经历不幸，只是我始终不能理解的，是她比我要幸运的，母亲毕竟是生母，那么多的不爱，真就没有一次两次的真爱吗？那么多的日日夜夜，真就没有一次两次的呵护吗？把她作为事业的女佣，真就没有真心疼爱过她吗？可是我也知古时曾有人把奶妈看得比亲妈还亲，那除了奶妈个人的因素，势必也有那被哺之人的因素吧？如果在那么多日日夜夜之中，张爱玲的生母和奶妈都曾对她有过那么一些爱与呵护，那么张爱玲为什么不将关注点放在这上面呢？关注这些不是更好吗？心柔软一些不是更好吗？一个人将别人对自己的不爱放大了，那不爱就愈来愈多了；一个人将别人对自己的爱放大了，即使那爱真的不多，但这种放大也会让自己的心越来越暖、越来越亮——暖多了，亮多了，焉知你的生命中不会吸引更多的暖和亮呢？焉知当你碰到胡兰成的时候，不会很快将他抛开，去再遇生命中属于自己的暖和亮呢？关注人性之恶，遇到真恶的人，我想张爱玲也一定认为这是正常的，她笔下的人性本来如此，她命中所遇的人性也该如此，她并没有给自己的心留下空间来接纳属于她的美好和阳光啊。

不想再看更多她的书，是因为不想陷进她那些负面情绪的汪洋大海里面去。生命中的苦和泪尽管那么多，我的脸上和心里最多的还是笑意盈盈。可巧，读国学经典，看到《弟子规》这样的句子："恩欲报，怨欲忘。报怨短，报恩长。"意思是说如果有恩，要想着报答，如果有怨恨，要很快地忘掉；怨恨只记一时，有恩情，就要长久地记住并且报答。

我不敢说我的生活中就不会再有悲伤和不幸，但是我敢说多年来，我已经用我性格中的柔软善良和阳光为自己赢来了更多的温暖和明亮。烟火人生，本来不易；风云雨雪，殊多困窘。冷的时候，就记得暖一暖自己吧。请你相信，心中的暖，慢慢会驱散身外的寒。

第二辑
山水有言

　　与山水殷勤相约，与草木至诚相见，最强大的心最柔软。山有话，水有话，日月星辰、世间万物都有自己的语言，弯下腰去，侧耳细听，就会知道，你不是一个人在走。

我想和你说一峡谷的话

一峡谷的话是多少话？

天高云阔的时节，带上秋天的耳朵，去访百里峡。

有很多的心情要说给它听。途经一个个隧道，却先困倦入眠，被同车的朋友暖心提醒："这么好的景色，别睡觉啊！"一下子清醒，眼前群山连绵，色彩斑斓，山是这样壮阔磅礴。及至见到胡绳题写的"天下第一峡"，见到满是裂纹的大石上几个大字"野三坡百里峡"，庆幸另一个暖心提醒："山风冷，要加衣。"久在平原小城，对大山的威力总是估计不足，先坐一段电车，强烈的寒意随着山风袭来，紧一紧厚衣服，心中对大自然的奔放豪迈已满是仰慕。

山崖险峻，绝壁万仞，走在峡谷之中，来之前经历的风雨波折瞬间消散。很多的话，原本郁郁在心，山风起处，树摇云走，它们的手是怎样慈悲的爱？——拂去眉头的结。

悬崖峭壁如刀削斧凿，幽深狭窄的峡谷，长得望不到尽头，仰望天空只余一线，这样宏大、这样壮美的山间舞台，男士们忍不住慷慨放歌，女士们则最爱拍照，各种震惊叹赏都化作一张张笑颜，如花绽放。山间石桌上，朋友们以水代酒，几个矿泉水瓶碰在一起，乐山乐水，同游同醉。

山风徐徐拂来，山泉泠泠歌唱，偶见瀑布急泻而下，"豁开青冥颠，泻出万丈泉。如裁一条素，白日悬秋天。"山岩如剪，裁出万丈洁白的素绢，飘然下落，激出水花烟雾，落成潭影清清。忽然一处岩石吸引了我的脚步，它如一部巨大的书，书页历历在目，仿若峡谷在潭水上面一挥而就——如椽巨笔著华章。

一行六人共访百里峡，我总是落在后边，不仅是因体力不够，不仅是因天梯九曲十八弯，也不仅是因许多台阶垂直而上垂直而下的险，我总想，和这样奇崛壮丽的峡谷多说一些话，也多听听它的话。它说，不要愁，很多的苦是外面的，内心的丰盈才是真正的幸福，就像只有走近我，你才能看到更多的美。它说，不要气，古今多少事都付笑谈中，何况过眼烟云？它说，美丽的景色多在风雨之后，看看我，日晒雨淋、地壳运动、沧海桑田……这些疼痛和历练才成就了美景和野趣。它说……我一路走一路听，也一路听不同的风景诉说。

天蓝如洗，云白如絮，山风强劲处，云真的在流，无声地流，却也藏了很多很多的话。忍不住拿出手机来录，去留无意，漫随天外云卷云舒。树叶飒飒地响，秋的色彩渐渐缤纷，叶子们用歌声迎接一场华丽的舞蹈。

有一段峭壁之上，满是荷一样柔美多姿的叶子，我叫它"高山上的荷"，少了水中的娇嫩，多了山中的风骨。我看了又看，拍了又拍，总是舍不得它们。后来得知，这是野海棠，花开时节动山谷，满目娇艳。可以想象那是怎样一种盛大的绽放，每一棵每一朵都将自由与坚韧漫山播撒，亮了眼，更亮了心。

暮云起处归来晚。百里峡，我想和你说一峡谷的话。一峡谷的话是多少话？山上流云多少，就有多少话；山间清风多少，就有多少话；崖壁草木多少，就有多少话；耳边鸟鸣多少，就有多少话；山下潭影多少，就有多少话……

最后入梦的，是长长的峡谷尽头那句：你的心能容下多少，就能拥有多少山水之魂。

你好，初秋

　　出小区大门，进单位大门，日日走过绿荫小路，心中满是爱惜。它生于春，长于夏，嫁于秋，藏于冬。而初秋，是准备嫁衣的时候。那嫁衣，如金蝶的翅羽，轻柔美丽。不急，成长本来就是一件慢慢的事情。

　　初秋，早晚都沁凉清爽，中午则明媚热烈，触目所及，绿意尚葱茏浓郁，天高云淡的感觉让人心里的园地也变得广袤。

　　蝉儿未老，歌声在绿荫中荡漾，层层叠叠，织成一片片高远的波浪，涌过来涌过去……青春已过半，无论世事如何忧愁，它们的歌声依然清扬嘹亮。轻合眼帘，感受高音歌唱家的热情，间或几只小鸟婉婉婷婷地啼鸣，无须找到它们在绿叶中捉迷藏的身影，留一些清澈的想象会更美。

　　秋夜，听蛐蛐儿唱歌。极远的那只似是已年老，歌声如叹，短促，间隙也长，但悠悠然，闲适，而又从容。无端地想起奶奶，想起老辈人的炕头，盘膝而坐之间自然就会生长出的古调般的老话儿。稍远的那只则似调皮的婴孩，嘟玲玲……的一串串音符，一串紧挨一串地唱着，像从前村里的儿童卷起树叶吹着一串串清亮的哨音，这样的歌飞扬着童年特有的意气风发，没有目空一切的傲，却自有年少时光里掩不住的盛开着的明澈光芒。最近的这几只就有点分不出了，因为正是一曲高低错落声部分明的合唱。青春的歌，有扬就有落，有清脆的喜悦就有迟缓的忧伤。还有两只总是这个唱了那个接，那个唱完这个应，岂不是正在唱和之间？听了好久，回环往复，一直如此，似是永无尽头，直唱到地老天荒而去。

  一个人听蛐蛐儿唱歌，忽然就微笑了。想起它有个笔名，叫促织。千年前的那个女子，琐窗朱户或是锦瑟无端的时候，想必正是这些合唱，伴她秋夜织机旁的时光……

接下阿阳，住在树上

它有一个朴实到近乎土气的名字："柿子沟"。在漫山遍野红叶烂漫的时节，满城"柿子沟"，以自己特有的蓬勃热烈悦纳游客的来访。

未到山沟，先被公路两旁无数箱子摆出的"柿子长城"而震撼。圆圆红红的柿子，整齐摆放在箱子里，箱子又整齐摆放在路边，都在马路牙子下面，没有一个占道经营的。摊位后面站着的多是大爷大妈们，他们不喧哗不大声叫卖，守候在柿子"长城"的一个个"隘口"，从容而又悠然。以路缘石为线，柿子"长城"一眼望不到边，空气中满是甜甜的气息，醉了游人的目光，我们也忍不住停车来赴一场盛大的柿子之约。柿子们一个个胖嘟嘟的，最有名的当属"磨盘柿"了，"磨盘"，顾名思义，极言其大。虽不能似真正的磨盘，也足有家常盛菜的盘子那样大，几个柿子就能在箱子里摆一层，蔚为壮观。还有一种小小的柿子，看起来就是一个个小橘子的样子，捏一下却是硬如山石。卖柿子的大爷笑眯眯地说："这叫杏花甜，没有籽，又脆又甜。不信你尝尝。"他用水果刀不停地切，一片又一片分给围观的人。买与不买，他都是笑眯眯的，笑容里满是阳光的味道。

继续往里走，忽见一个满头银发的老奶奶，颤巍巍地推着一辆独轮小车，车上是红红软软的柿子。小车太小，柿子也不多，老奶奶走得慢慢的，稳稳的。我们看着这么大年纪的老人，都有些不忍，商量说："要不我们买她的吧？"

但马上就都打消了这个念头,因为老奶奶见到游客并不停留,仍然缓步前行,她是要回家的呢!许是刚刚由柿子树下采摘归来。春去秋来,青丝白发,这些树,这丰收的果实,这回家的路,想来都是她眼中最美的风景。哪怕人已老,哪怕目已浊,红红的柿子就是她的太阳,是暖,是光,是幸福的希冀。

顺着柿子的"长城"走了好远,到了山沟旁,才发现来晚了,柿子都已收获,只留下满沟的树,树梢高处零星挂着几个剩余的柿子,提醒着我们,曾经满树满山都是柿子的时节,是怎样的盛景。

还好有几处山坡上,柿子还有一些,可以随意捡拾。一会儿下到山沟,一会儿上到山坡,我很快就累了,想想那条柿子的长城,要有多少人在山间辛勤劳作才能收获、才能摆成呢?我们买了好多,又捡了不少,满载而归。想到那些可口的杏花甜,归路上停下车又买了一些。这次不需要尝,可是买完了,摊主还在一片又一片不停地切,将切下的柿子递到我们手中。"吃吧吃吧!可甜呢。"钱已到手,还要一片片送,真是从未见过这样卖东西的,盛情难却,吃着这样的杏花甜,甜的是味道,更是山里人家淳厚的性情。

汽车行驶在柿子沟的山路之间,我看着路旁树梢高处那些零星的柿子,如一个个火红的小太阳,映着碧蓝的天。忽然想起一道童谣,大意是说,中秋节把月亮接下来,种在水盆里。"阿亮,阿亮,你来,照我。"阿亮的光在天上微笑,也在水中荡漾。阿亮能接下来,阿阳自然也能接下来。虽然没能看到满山沟都是柿子的壮丽景象,虽然过不了多久,树上就会一个柿子也见不到了,可是柿子沟的山民们,早已将太阳的光芒和希望由天上接下来了——接下阿阳,住在树上,也住在勤劳的手上,淳朴的心上。

将花香佩在胸前

"水会九流,堪拟碧波浮范艇;荷开十里,无劳魂梦到苏堤。"号称"北国江南"的白洋淀为一望无际、黄土绿垄的华北平原镶上了一颗波光闪闪的明珠。白洋淀内,大大小小的水中村庄如夜空繁星,熠熠生辉。

和文友们一起,迎着八月晚荷的香,和着苇韵的悠扬,推开一层层波浪,四面环水的王家寨映入眼帘。望月岛、观荷台……这些诗意的名字描摹不尽更加诗意的美景。虽然没能住下来望月,但日间满眼的白墙灰檐、碧树繁花、苇绿荷红,在曲曲折折的小巷和水路之间,已然美得像一幅写意水彩。

"哇!凌霄花!"一条开满凌霄花的小巷惊艳了大家的眼睛。这是一条长长的小巷,上面搭起了横架,小巷两旁的凌霄花攀缘而生,绿叶如瀑,橘红色的小喇叭一样的一串串花朵就是这绿叶瀑布上闪亮的水珠。小巷多长,凌霄花的瀑布就有多宽,蔚为壮观。"这不是舒婷诗里的那种花吗?""我如果爱你／绝不像攀缘的凌霄花／借你的高枝炫耀自己。"诗人为了表现与橡树的完美爱情,肯定了木棉花那硕大的红色花朵,为了比较,否定了凌霄花。因为《致橡树》这首诗的思想性和艺术性都很高,导致凌霄花也因此出名,一看到望月岛中这条开满凌霄花的小巷,同行的文友们都想起了这句诗。其实,凌霄花有自己的凄美传说:一个叫凌霄的大家闺秀爱上了家里的长工,父亲得知气愤难当,将长工毒打致死,美丽坚贞的凌霄姑娘在长工墓旁殉情。坟上长出的柳树枝条如泣如诉,凌霄姑娘的血泪则攀缘在柳树上开出串串嫣红的花朵,从此这种花便以姑娘的名字命名。"天风摇曳宝花垂,花下仙人住翠微。一夜新枝香焙暖，旋薰金缕绿罗衣。"在范成大的诗句中我们似乎看到了当年那个袅袅婷婷明媚如画的凌霄姑娘的倩影。我一路将两朵落花举在胸前，朋友们帮忙拍照，它就如佩在我白裙上的一枝胸花，同时佩在胸前的，还有它悠长的芬芳。

雨后的石板路，青苔殷勤点缀，"白日不到处，青春恰自来。苔花如米小，也学牡丹开。"每一朵花都值得被尊重，即使小如米粒，也不输牡丹的华美。忍不住脚步轻轻，怕扰了苔花的清梦。青苔小路两旁，明黄色碗口大的丝瓜花开得很霸气，这一场花事蓬蓬勃勃，浓郁的绿叶是它任意挥洒的舞台，它的演出旁若无人、淋漓尽致。淀水边上、白墙之侧的紫薇花就秀气多了，小小的花朵一团团一簇簇拥在一起，"虚白堂前初作花，容华婉婉明朝霞"。紫薇花瓣如美丽女子的裙褶，针脚绵软细密，颜色婉转温柔，白如云，粉如霞，紫如梦……不同颜色的紫薇花树交错种植，一时齐开，这条紫薇小径美得简直让我迈不动脚步，将一簇又一簇紫薇花摆在胸前拍照，舍不得摘下，就将这紫薇香佩在胸前，有它伴我，一路温柔。

山楂树、枣树已是一树青果，错过了花开的时节，亦不到果熟的季节，"绿叶成荫子满枝"是一道别样的风景。葡萄架、瓜架上沉甸甸缀满了香甜的果实，清风徐来，农家庭院的木门中走出的是一个个硕果累累的故事。

"惟有绿荷红菡萏，卷舒开合任天真"，走在长长的拱桥上，桥下水面是荷叶荷花的世界，层层叠叠直铺天际。"谁于水面张青盖"，荷叶翠色欲滴；"红莲相倚浑如醉"，荷花娇柔无限。康熙都忍不住赋诗盛赞这样的白洋淀："遥看白洋水，帆开远树丛。流平波不动，翠色满湖中。"将荷叶戴在头上，扮作一个调皮的渔翁吧，醉在这无尽的荷香里；将荷花佩在胸前，就将整个白洋淀的花香都佩在了胸前。

"绿阴掩映栏干晚"，白墙灰檐的王家寨，家家户户木门里影壁上都刻有诗词，墙壁外面则是水乡风情画。远看绿树繁花的村庄，在淀水的怀里，古朴雅致，悠悠然如一个芬芳的梦境。"荷花香里不思归"，后会有期，那朵朵"胸花"不会凋谢，因为，我已将花香佩在胸前……

秋雨瘦，半生盈

水之于天，结而为云，柔白如絮，惹人怜爱；落而为雨，在春，是万物生长的甘霖，引人歌咏；在夏，是化解酷暑的清凉，招人久盼；在冬，盛放为雪，殷殷绽开一天一地的柔软洁白，无人不爱它六角形的花瓣，容颜清丽，声如碎玉，雪是冬的新嫁娘。

春、夏、冬而外，秋呢？"一场秋雨一场寒"，前几天还是晴暖的秋阳，明亮多彩的秋景满眼满心，最怕秋雨，"湿屈青条折，寒飘黄叶多。不知秋雨意，更遣欲如何？"催叶落，催天寒，秋雨一场更比一场加紧了冬的脚步。枝头果早已空空，枝上叶也渐渐荒芜，秋雨细密的时候，树老了，人也蜷在了苍凉的心境里。不能再吟"晴空一鹤排云上"，秋雨一来，马上就是"寒烟小院转萧条，疏竹虚窗时滴沥"。人人不爱这萧萧寒意，人人又不得不受这戚戚苍凉。

人到中年，亦如秋。无论有多么不想让人生的天空遇到秋雨，也还是一场又一场寒冷来袭。生活安顿了，工作稳定了，孩子长大了，人生的树结满了果子，中年的秋渐渐丰收，却忽而秋雨骤至，生活、工作、家人，谁能保事事皆顺？上有老下有小，肩上骤然多了重担；平静的日子里，也总是容易起了波澜。人生的秋雨，催白发，催愁绪，也是一场更比一场近了人生之冬的脚步。

最怕秋雨入夜，更增寒意，更扰清梦。还好有你，还好有灯，还好有窗前牵念的目光。无论人生落下多少秋雨，努力仍然有着最温馨的意义。万家灯火都在秋雨的细丝里，细细地织着人间最暖的爱。有爱，有你，有坚实的脚步，哪怕雨再凉，哪怕秋要走，哪怕冬将深，都是最美的风景。

秋雨仍在滴沥，朋友圈里都在叮嘱珍重加衣。寒了的是天气，瘦了的是季节。用爱生活、用心播种的你，暖了的是情谊，丰盈了的，是人生。

水畔青石秀，茵茵碧草凉

从新建宫门进去，人潮如涌的颐和园简直让人看不到欣赏山光水色的希望。但既来之则安之，相信前方终有一处清幽静谧等着我。

果然，先是偶遇桂花诗词。一大排展板，似在殷殷回忆桂花甜香馥馥的前一刻——是的，完美错过仙桂花开，这些美好的传说和清丽的诗词却永远在温柔绽放。桂花小小，然香气幽远，内蕴深秀，同为金秋芳华，不似菊花那样硕大张扬，它悄悄藏于枝叶间，融入月光的清辉，提振世人折桂的豪情。"愿公采撷纫幽佩，莫遣孤芳老涧边。"谁又忍心让它孤芳而老呢，将它小巧精致的花朵留于枝头，但一定将那细细幽芳的清韵佩在心间。

不记得是转入哪一个回廊深处，忽见一个园里人家。白墙青瓦，墙上只排列"梅兰竹菊"的画，简短的笔触，不繁复亦不华丽，却妙在于游人如织之处独得一"静"字。院内停着三轮车，晒着被褥，房屋简陋，却是藏在富丽堂皇的气象里一种亲切的烟火气。

沿着昆明湖一直走，好大的湖，好远的路，走过了万寿山，忽见左侧大湖之外，右边又现一片水，这是昆明湖长裙一展，带出来的小裙褶吗？与中间大湖的宏阔空旷不同，这湾水时窄时宽，随地就形，窄处树影深深，宽处荷叶田田。水畔青石，洁净隽秀，然而远离大路，无人问津。我却喜不自胜，急忙跑去石上坐着，叮嘱孩儿他爸给我拍合影——与青石，与清水，与岸边树，与石上草，与水中树影和涟漪……都合个影。我将这些合影，珍重收藏，融进尘世时光，时光也会跟着清亮起来。

再往前走，又喜见一片青草地。草地是可以散步的那种，没有栏杆，没有"小草青青，踏之何忍"的警示牌，倒是有一只呆萌红嘴黑鸟，围了一群人在看。我高兴的是，又可以和草地合影啦！还有草地上古朴的大树。草地后面的池塘中，荷花已谢，莲子已成荷叶老，而夕阳余晖中，一片金色的荷塘盛景，亦醉人心怀。

水畔青石秀，茵茵碧草凉。总有一些清美的风景，藏在热闹之外，独自袒露着自己悠远澄澈的情怀。我有幸与这样的风景相约，听懂了风景深处，那支飘在红尘之中的歌。

大山深处遗落的那颗珍珠

从喧嚣的城市走来，有明珠耀目的惊喜。大山深处，怀抱着一个小小的村庄。与同在保定市涞水县的其他村庄相比，它藏得静悄悄的。从县城走一个小时的高速，再往蜿蜒曲折的大山之间回环往复好远的路，才能寻到它古典雅致的娇俏身影。

它的名字叫大龙门村，一个"大"字特别容易让人望而生义，好在我有这样的生活体验，马上联想到生我养我的那个小村庄——容城县的南河照村，也叫"大河照村"，相邻的北河照村叫"小河照村"，可是大河照村比小河照村小太多了，名"大"实"小"，就是一个小小的村落。如今来到大龙门村，对它的"小"心领神会，莞尔一笑，倍觉亲切。

它藏在一处古关隘——大龙门城堡内，城堡上砖块斑驳，历史的沧桑就写在脱落的砖屑里。进入城堡，一个古色古香的小村庄在大山的臂弯里酣酣地睡着。青砖铺就的整洁笔直的小巷，宁静古朴的四合院，漂亮的斗拱飞檐，青屋瓦、黄窗格、红灯笼……我是不小心穿越了吗？来到了哪一个古代的江南小镇，仿佛随时会遇见一个丁香花一样的姑娘。

朴实帅气的村干部介绍他们的村子，声音浑厚，发自心底的热忱，几乎每句话都要带上"我们村"："我们村共有117户人家，405口人。""我们村只有一条主街，从东城门至西城门。""我们村几乎夜不闭户，村民们生活很安定。""我们村的农家院看不到一点垃圾，人们总是会随时清理，不让垃圾停留。""看我们村最老的建筑,村民给村里用作村史留存的。""我们村……"伴着热情洋溢的介绍,他的眉间眼底,是掩不住的自豪和眷恋。这是怎样的家乡,能够让人如此深爱。

我一路走一路忍不住频频拍照,想将它沉静秀丽的容颜——收入我的相册中,它的气质神韵却是拍不尽的。

被村干部说成"城内主街"的全村唯一的一条大街,其实是一条幽静的青砖小巷,小巷尽头便是连绵的群山,更见其小,这"城内主街"的叫法里藏着怎样亲切和深厚的情谊啊——这种情,叫"家"。被村干部喜爱和重视的老房子,房顶上已满是青草,石砌的屋墙就地取材,满院的农具整齐有序。古树荫下,小小的院子正中间是整木做的茶桌和茶凳,坐在上面,头顶蓝天如盖,身边青山如怀,所有躁动的心都不由得静下来,静听山风,物我两忘。

有一户四合院,院子正中是一个多边形清亮的水池,水池里有几个鱼形的喷泉围着中间的葫芦,水池外花草明丽,从水池通向四面的房屋都有小小的桥连接,桥下环着院子的,亦是清清流水。很小的四合院,却如此精致。院子一角,一个女孩支起画板,用颜料盘里的五彩在画布上斟酌设色,这蓝天,这大山,这小院,这流水,都是她画中最美的景。

有一个农家院,起个名字叫 ** 宾馆,长满了好几面墙的爬山虎,宾馆前面两个字被繁茂的爬山虎挡住了,别有意趣。被爬山虎的绿意葱茏着如一个安宁梦境的小店,摇篮一般惹人倦留。一位老人,独坐在小巷中,靠着自家屋墙,拐杖虚握着,须发皆白,眼神清静,时光在他的闲坐里一定是很慢很慢的,慢得那样和气,那样慈祥。

从村里出来,要走下许多石阶,一步一步都走得不舍,走完仍恋恋回头。四面环山,清幽雅静的村庄小巧玲珑,纤尘不染,定是被谁不小心遗落的一颗小小的明珠吧?谁又够广够美才能有资格遗落它呢,应是蓝天的背包,白云的衣袖吧?

人生之秋，鹤翔云上

  小时候多愁善感，花谢了伤心，叶落了惆怅，所谓伤春悲秋，在我的少女时代几乎成了主情调。没有一个温暖的怀抱给我抚慰，我又那么温柔羞涩，又那么弱不禁风，泪多笑少，好在书读得多，生活中也总有很多美好的人和事，于是慢慢认识到自己性格的不足，逐渐将注意力转至阳光地带，胸怀亦随之宽广。

  春谢夏荣，夏老秋来。自然之秋斑驳绚烂的时候，忽然惊觉自己也已到人生之秋。

  秋，所有的绿色都老了，而蓝天白云依旧年轻。不绿了，就不能再美吗？老有老的优雅韵致，褪去绿罗裙，穿起五彩衣，邀来浓浓淡淡红红粉粉的色彩给自己慢慢上一个绚丽多姿的妆。秋，树的风采不减，叶的舞姿翩然。爱洁净的天空，则把自己洗了又洗，让肌肤越来越清澈，越来越澄明，那么透透的，纤尘不染，却又那么深得望不穿。这样美美的蓝天，不是谁都能入她的眼，只约白云，只约飞鸟，只约暖阳，只约如诗如画的心情。

  自然之秋如此绚丽，才邀画意住树梢，旋引诗情到碧霄。

  人生之秋亦可如此优雅美丽。舍不得春，就不再伤感"泪眼观花花不语，乱红飞过秋千去"，"绿叶成阴子满枝"未尝不是一种繁茂和葱茏的盛景；舍不得夏，就不再慨叹"榈庭多落叶，慨然知已秋"，"树树皆秋色，山山唯落晖"的景象也壮丽多姿……尤喜刘禹锡的句子"自古逢秋悲寂寥，我言秋日胜春朝。晴空一鹤排云上，便引诗情到碧霄。"读着读着，即使身为一个弱女子，心中豪情亦呼之欲出。

　　身在自然之秋，且惜人生之秋。身在红尘之中，心可以站在红尘之上。凡尘琐事不可伤身，更不可伤神。美丽的是自然之景，更可以是人生之景，让鹤直排云上的诗情在心中挥洒。其实我们每个人的心里，在悲凉沧桑之际，都可以有这样一鹤，于秋日碧空，翔于云上。

大地的馈赠

丰盈绚丽的秋,大地敞开慈爱的怀抱,枝头的果实、田里的庄稼,喜了眼,醉了心,暖了农家勤劳朴实的日子。而大地的馈赠无穷无尽——在忙完了秋收之后,泥土里面还有很多可以拾一拾、捡一捡的果实。

大地如此广博,人力在它面前渺小平凡,无论多细心多勤奋的农人也无法将地里的花生啊红薯啊一点不落地全部收走,拾一拾不仅必要而且重要——因为真的能拾好多好多呢!甚至拾过一遍的土地再去拾依然能有不少的收获,大地就这样用它丰厚的博大给勤劳的农人以惊喜。

来到花生田,一下子变得空旷了的大地让人心里很有点失落,怀念它生机盎然的美景,它的青葱岁月。花生曾经用那些密密匝匝的黄色的小花朵,给大地写了一个美丽的星空传说。总是不舍所有的繁茂和美好,亦深知凋零是为了唱好下一支新生的歌。

拿着个小镐儿,背着个小筐儿,拎着个小袋子,优哉游哉在地里晃半天,这个农活儿是孩子们的最爱。拾花生拾红薯都不需要多少力气,因为刚刨过的土地是松软的,用带齿的小镐儿一下下翻土找寻即可。泥土的气息,翻出果实的惊喜,蓝天白云的舞台,微风的爱抚,还有姐妹间或是小伙伴们的闲聊打闹……都是童年里满满的甜蜜。

偶尔,有个别着急的花生果在湿润的泥土里发了芽,长出小苗,那嫩嫩的绿更是让人心生欢喜。雨后，花生苗儿比较多，捡嫩的挖出来带回家去，饭桌上就多了一道菜：素烧花生芽，脆脆甜甜，清香清香的。红薯更是童年时最主要的零食啦！在地里捡漏捡到的红薯，可以直接啃着生吃，也可以捡些干柴烤熟，这野炊是小伙伴们最拿手的。

熬粥，烧，烤，蒸，煮……用大铁锅烧劈柴煮的红薯最软最甜，香喷喷的，尤其贴着锅壁的那一圈，微糊，出油，有硬边，可甜可好吃了。还有一种吃法，那就是冻起来吃！那时候牙口好，胃也好，冬天夜里把馏山药（即煮熟的红薯）放到窗外，早上拿来一看，冻得梆梆硬，直接啃，带着冰丝的红薯又凉又甜，跟这些天然的美食相比，冰激凌什么的就弱爆啦！现在当然也可以这么干，而且不用等到冬天，放冰箱里冷冻即可，我却不再啃了，不是为了淑女一些，也不是怕硌了牙，只是因为，老时光里的旧味道已一去不返……

那是怎样的味道呢？是满野的麦田金黄的芬芳，是威武雄壮的青纱帐昂扬的气息，是天地之间的蔬果飘香……如今，远离了农活，也远离了这样的味道，从超市买来的东西洁净整齐，记忆中最好吃的却还是童年那沾着泥土的红薯、花生，只因为，那是我看顾着从发芽到长大再到成熟的果实，是与大地的馈赠最为亲近的情怀。

住在童年的笑涡

"我旅行所用的时间很久,旅途也很漫长。我在第一束晨光里驱车启程,匆匆赶路,穿过茫茫世界,在许多恒星和行星上留下车辙……"(泰戈尔)

世事如尘,人生是路,一路走来是怎样的坎坷和辛苦呢?当我们慢慢长大,慢慢苍老,那颗曾经清澈透明的心,一路上跟随你跋山涉水,也曾踯躅险滩,也曾流连花田,有一天它累了,你啊,聪明的你,可曾给它安一个家,要让它住在哪里?我喜欢拥抱阳光的明朗与芬芳,让长发随风飘扬,让一切简单的透明,让眼睛倾听叶子的诉说,让心灵住在童年的笑涡。

那些笑涡里,漾着远山的苍翠,漾着溪流的潺潺;笼着清晨的明亮,也笼着如雾的炊烟。曾记否,春日,那些笑涡里,妆点着野花的烂漫,放飞一只只风筝也放飞一串串快乐,一路上纷纷扬扬洒落在田间小径,笑语如珠。而那些夏日的午后,绿荫里永远涌动着蝉声汇成的波浪,绿荫下属于赤着脚的童年,正做着过家家的游戏,绿荫用明亮的清凉沐浴着孩子们的笑脸。冬日落了雪的树下,是哪一个小调皮摇落了满树雪做的花朵,纷纷扬扬簌簌飘下,大家笑着慌忙逃开,笑声里也缀满了雪的晶莹璀璨。

而今,秋日的阳光如此明亮又如此安详,有过多久不曾与它知会了?工作总是很忙,家务总是很多,事情一件接着一件,烦恼也多得不可胜数。甚至有时,无奈的将自己交给一些"约定俗成",只是,又怎能搅乱心灵深处的一角纯净?

那个角落永远固执地守候着，等候你从世俗中抽出一点点时间偶尔来访。那样的固执啊，那样艰难的守候，直到让你的心为它而痛，它说："我与阳光相约，我就住在童年的笑涡。"于是，我走出工作，放下家务，关上电脑，将手机设成静音，来到草地，来到广场，来到小径，来到小桥流水，也来到斑驳绚烂的红叶下。让清爽的风拂起长发，我听到那片红叶上流淌着音乐。阳光透过叶子，一道道金线做成琴弦，风的手轻盈温暖，我的心就这样醉在它弹出的明丽与晶莹里。我微笑了。那笑涡里盛着阳光的祥和，盛着轻风的温柔，盛着叶子的歌，也盛着一种最简单透明又最纯粹的欢乐。

我看到孩子们在排着队玩滑滑梯，我微笑了；我看到年轻的父母们在踱步、健身，我微笑了；我看到老人们坐在长椅上晒太阳，我微笑了。一片纸屑打着旋飞到我面前，我看着孩子将它捡起折成纸飞机，于是它开始另一种美丽的飞翔；小径上枝叶错落，我弯一弯身子让那些枝叶轻抚我飞扬的长发，而我的脸上，笑意盈然。我知道我的年龄，已不属于童年，但我也知道我可以让眼睛清澈，让长发飘逸，让声音甜美，我的手上握着一束从童年的田野采撷来的花朵，而我的心灵，始终住在童年的笑涡。

"我的目光游移过寥远，然后我才闭上眼睛，说道：你在这里！"（泰戈尔）是的，你在这里，一直执着地守候，不曾远离；因为，你已住下，就住在童年的笑涡里。

第三辑
心灵有香

与人为善,与事为美,与物为春,这样的心灵有着黄金的质地。在这个容易褪色的世界,善良是一个人最美的容貌。携着爱远行,一路就会有心灵的美好如花绽放,人间处处亦可闻香。

梧桐树下遇见你

从家到单位，要走过一段很美的梧桐路。梧桐路旁是一个小小的花园，花草树木错落有致，花园的小广场是健身的乐园，亭中长椅上，坐满了下棋谈天的老年人。梧桐树下的小路上，每天都能看到很多其乐融融的画面：被父母抱着或恬然卧在婴儿车中的娇憨的娃娃；被爷爷奶奶接送上下学的蹦蹦跳跳的孩子们；并肩耳语或甜蜜挽手的年轻恋人；为了赶生活而行色匆匆的中年人……

梧桐树浓密绿荫的怀里拢着枝叶下的每一个人，这些枝叶一定读过了很多故事吧！一定像我一样，曾长久地注目两个人的身影——那是一个中年女子和一个头发花白步履蹒跚的老人，中年女子胖胖的手紧紧牵着老人，老人听话地让中年女子牵着，可能因为疾病，老人走路很慢很难，但他一直坚持在走。中年女子慈眉善目，轻言细语，老人走多慢她就走多慢，不急不躁，遇有需抬腿经过的地方，必停下来提醒老人。这个时候的老人，成了孩子；曾经的孩子，成了大人——不变的是那两只手，一直暖暖地牵着。

我从他们身旁经过，又忍不住频频回首，白发苍苍瘦削佝偻的老人，微微发福衣着素朴的女子，没有外表的美丽，我却忍不住拍下了他们的背影。在夕阳柔和的余晖里，在花木交错的枝叶间，他们的身影有着芬芳蕴藉，有着深远悠长的别样的美。

与老人的缓慢踱步不同，梧桐树下还有一个矍铄的身影。他已是花甲之年，总是骑自行车来到梧桐树下，从车筐里拿出一张 A4 纸，对着梧桐树东面的一片小小的银杏林，引吭高歌：

溜溜的她哟，她哟我哟

心儿咿个嘿嘿嘿

心儿咿个嘿嘿嘿

你不用介绍你

我不用介绍我

年轻的朋友在一起呀

比什么都快乐

……

我从他身旁走过，目睹了他支好自行车、拿出 A4 纸、清了清嗓子开唱的整个过程，歌声那么突兀那么响亮那么大方地冲出来，《溜溜的她》的歌词从一个花甲之年的老人口中那么明朗那么活泼那么喜悦地唱出来，我被这并不盛大却足够震撼的一个人的演唱会吓了一跳，脚步被一种无形的力量牵住了。无人捧场又如何？人到花甲又如何？仍然可以如此激情地唱年轻人的歌。石板小路是舞台，梧桐树叶是幕景，我和树上的蝉、花间的蝶都是他的听众。

伴着天边那熹微的晨光，伴着晨光里清新的花草香，总有"刷刷"的声音准时响起，一把把大扫帚每天都在跳一支勤劳的舞，舞出一条条整洁清爽的路。在我家门口的这条梧桐小路上，早起的时候，常常与他邂逅——挥舞扫帚的那个人。高高的个子，黑黑的面庞，裸露的臂膀结实健壮，右手握住扫帚快速移动，一会儿工夫就能扫一大段路。只是，那扫帚的另一端，却不是左手在握着，它抵在左手肘上，手肘以下空无一物，手肘以上是一截断臂。扫帚把抵住的地方，是浑圆的断口。随着扫帚的快速移动，扫帚把不停地在他手肘的断口处摩擦。该有多难？该有多疼？"嗨！早！"一声招呼将我从震惊和恻隐中拉回来。

只见他愉快地和一个路过的熟人打招呼，脸上笑容可掬，晴空万里。忽然觉得自己刚才的恻隐很不该，因为，他早已不需要。不知道他的胳膊是怎样残的，不知道他经历过怎样的郁结和伤痛，但他的笑如和风，已吹散人生中的乌云；他的力量如春的勃发，破空而来，让自己的生活充满鸟语花香。

这是一条很美的小路，路东是县政府大院，栏杆上满目翠藤，栏杆内花木葱茏；路西是花园广场，梧桐树宽大的叶片牵着广场边缘银杏树小巧的叶子，如手握一把把小扇子。而这小路更美的，是因为有你，还有你——伴着老人散步的子女；唱《溜溜的她》的花甲歌者；用扫帚舞出一片晴空的独臂清洁工……我何其有幸，梧桐树下遇见你，遇见了诗，遇见了美，遇见了阳光。

让心灵长成黄金的模样

晚上洗完澡，我在灯下看着膝盖上一块一块的青，想啊想，咋弄的？终于想起来了，自己在电脑桌上磕的。

我们的办公室有五张电脑桌，还有一张放杂物的小桌，分成两排，都靠墙放着。办公室比较小，每个电脑桌一个靠背椅，两排靠背椅就离得特别近。同事们都在电脑前办公的时候，背靠背的两个人就快贴上了，外面的人要进去，里面的人要出来，都很不容易。侧身、吸气、收腹，就这样胖点的还是过不去。为了让有限的空间里中间过道宽敞一点，我就尽量往前坐，把椅子往电脑桌下拉，一直到再也不能靠里了，到了一个极限为止。可是我常常忘了这个极限，工作一会儿就想动一动腿，一动就磕一下膝盖。过会儿累了又想动一动，一动就又磕一下。有时候用力猛了，会磕得很疼，忍不住"哎呀"吸气。但仍不想把椅子往后推，推到后面，我是宽敞了，不会磕自己的腿了，可是出来进去的人又不方便了。于是天天这样挤自己，还老是不小心抬腿的时候用力过猛，久而久之，膝盖上就总是有青紫的瘀痕。轻抚着这些瘀痕，在心里悄悄地对自己的腿说，对不起哦，委屈你了。在我的轻柔抚按之下，腿上的瘀痕在隐隐的痛里无怨无尤，悠然自在，一如我此刻的心境，怡然，温润。

早上来上班，楼道是东西走向，我们的办公室在五楼，从楼梯口出来，向东走，迎着初升朝阳那明丽的光芒，我边走边把楼道的吸顶灯一个一个关掉。有同事看到，赞赏地冲我微笑："你可真细心哦！我都想不到。"我也笑着招呼："太阳出来上班啦，就让灯们也歇歇吧！"慢慢的，我早上需要关楼道灯的"机会"越来越少，同事们也都想着让灯歇会儿了，他们亲切的笑容如花绽放，忙碌工作的身影都镀上了一层太阳的光芒。

"快把这份材料打印一份给我！"领导需要审核修改文件了，我打开文档，将行间距适当缩小，纸张左右上下的边缘处也尽量少留些空白，然后选择双面打印。草稿给领导送去，领导说你这材料怎么看着字这么密实呀？我说："反正是草稿，改完就成了废纸，我编辑一下节省纸张呗，每次能省下两三张纸，天长日久的就节省多了，少用点木材，保护环境。"领导笑了，眼睛里充盈着满满的欣赏和喜悦，爽朗地对我说："真细心，好习惯！"同事们每人一台电脑，下班了，大家走得有早有晚，因为很多工作需要穿插合作，为了方便走得晚的同事用，走得早的一般不关自己的电脑。每次，如果是我最后一个离开，我就把所有的电脑都关机，长夜寂寂，让劳累了一天的它们也休息休息。

很喜欢自己关于精神文明建设的工作。评选道德模范、宣传好人好事、开展志愿服务……工作量很大，也很累，但是想到我的工作会将满满的正能量像阳光一样播撒到全县各个角落，总会有人因此被温暖被鼓舞，心里就如春风拂来，心境因而鸟语花香。还记得那个下水救人见义勇为的村民，当我们将他评为县级道德模范并将其事迹上报市里，再次获得荣誉时，他感慨万分："我不过是做了自己该做的，党和政府却给了我这么多荣誉，以后我还会多做好事！"他的家人甚至全村人都很受鼓舞。还记得那个帮助残疾人就业的企业家，当我们将他的事迹登上报纸时，他深感惭愧："还有更多的残疾人需要帮助，我会扩大救助范围，制定更多帮扶举措。"还记得那个因先天疾患只能爬行的女孩，身体瘦弱行动不便，她渴求能有更多的朋友，能与外界多联系，我便常去看望她。为她带去书籍和自己写的文字，带去她喜欢的花草，带去一个在她看来"高不可攀"的姐姐的呵护与喜爱……抽调到政府部门工作，常遇到这样淳朴谦逊的人，微如星火的一点点关注和照顾在他们看来，都是心里满满的晴空。爱是天然的接力棒，他们也总是用这样澄明的心境毫不吝啬地去照亮身边的人。

人生中惊涛骇浪总是少的，多的是尘世琐碎。于平凡点滴中萌芽生长的善良，总能让心灵长成黄金般的模样，芬芳柔和，清润晶莹。

人间处处可闻香

"这曲谱我一点都看不懂,想向你家音乐老师请教一下。""好啊,这会儿他就在家,你拿着谱子过来吧!"这是同小区的一个大姐,在一个周六的上午微信跟我说的。彼时,我尚不知她到底哪里不懂。十多分钟后,随着一声门铃响,大姐手拿曲谱如约而至。她虽已五十岁,但身材颀长,面容清秀,长裙飘飘,笑容如一缕阳光明亮了整个房间。孩儿他爸——我家的音乐老师应声从卧室中走出,接过谱子,和大姐坐在沙发上一起看。我不懂音乐,给他们倒水,递水果。就听孩儿他爸问:"都是哪儿不会?"大姐诚恳地说:"全都不会。我喜欢音乐,想报个班学学,结果人家已经上了两次课,我把谱子要过来,补补课。我是零基础,麻烦你从零讲起吧。"说这话时,大姐爽朗的笑里带了深深的歉意和小学生一般的虔诚。老师频频用手指点,教得认真;学生学得更认真——大姐的身子微微侧倾,眼睛紧紧盯着茶几上的曲谱,生怕漏了一丁点儿地方。手上的笔更是忙个不停,勾勾画画,整张纸很快就密密麻麻。这一刻,五十来岁的人已成了孩子,求知若渴,将中年人的生活琐碎摒弃,潜心向学的样子是最美的样子。那些笔迹种在知识的沃土,墨花飘香,一室春暖。

从家到单位,走过一条宽阔的梧桐路。梧桐树高大茂密,浓荫遮地,因位于小区南门与南环路之间,不是交通要道,且路宽,遂成天然停车场。春夏秋三季,梧桐路都是休闲好去处。常见路边有带孩子玩的,有散步的,有闲谈的……路两旁停的车里面,亦常见有人开了车窗,将座椅放倒,于微风中,玩手机或小憩。记不清是从哪一天起，每天早上再路过梧桐树下，忽闻笛声悠扬。一个中年大哥，坐在一辆敞开窗的车里，看着车窗外梧桐树荫投下的光影，手执横笛，用心吹曲。路上行人来来往往，他的眼神始终清朗闲逸，超然物外，笛声里的世界山青水绿。我驻足在梧桐树下，看着大大的叶子在风中翻飞，似也在笛声中欢舞，这悠悠的笛音染了花木清香，携了风的翅膀，远远送出遍地芬芳。

雄安新区设立之前半月，管控工作即在容城全县铺开。各个单位均有原本安定上班的工作人员被抽调去组成驻村工作组。全县 127 个村，村村都多了辛苦忙碌吃住在村的干部们。他们从此没有了节假日，更没有了上下班的概念。他们深入每家每户，了解民情民意，解决群众困难，关爱在建停工户……顾不上家里的事，所驻村庄就成了他们的家。我有一个同学就是这样的一个驻村工作人员，他们的临时办公地点兼住处是村里大队部。大队部房屋破旧，本来并不是住人的，他们住下了，并与村民们成为了一家人。烈日下，他借来大锤将路面拱起导致汽车拖底的犄犄角角凿掉；他帮助患兔唇的贫困儿联系"嫣然天使基金"；帮助考上大学的贫困女孩申请助学贷款……助人过程烦琐，诸多波折，他也曾迷茫痛苦，也曾焦头烂额，但因了一颗善良的心，他从未放弃。对于群众来说，很多信息他们不掌握，很多程序他们不懂，他们只能自己面对困难、突破困难，他搭搭手、搭搭话，不嫌烦不怕累，希望能帮他们少走弯路，得到雪中送炭的救助。细心的他发现，独自居住的七旬老人在看月份牌上的小常识，就给老人送书过去。知道老人最需要的是精神的慰藉，他就常去看望，与老人聊家常。大队部的院子单调空旷，他挥舞铁锹开出一片花圃，对叶菊、凤仙花、鸡冠花、波斯菊……生长得蓬蓬勃勃，花香四溢，给这个院落增添了一片生机。他的大爱情怀也正如这些并不名贵的花，热情奔放地盛开，暖了无数村民的心。

这世界惊天动地的伟大凤毛麟角，多的是日常琐碎。用心播种、用情经营自己的一方园地，便不愁叶茂花繁，人间亦可处处闻香。

让"多"更多，让"闲"更美好

"你快拉倒吧，多管闲事。"孩儿他爸又在批评我了。好在后面跟着的一句还是有点儿温度："你累不累？"

累，这倒也不假，总觉得自己就是劳碌命，常常身累心也累，好不容易不忙的时候还要给自己找点儿事，就不知道歇歇。可是，多管闲事的时候，就真的是"多"吗？真的是"闲"吗？真的是只添了累吗？

旅游大巴上，小导游清脆甜美的声音入耳入心："请大家记我一个手机号，为了大家的安全着想，一定要记哦，有什么问题随时打电话给我。"一大车人纷纷掏出手机来记。记完刚想把手机放下，小导游又甜甜地说："手机先别放下哈，听我说步骤，咱们面对面建群，有什么事从群里大家可以一下子都看到，更方便。"面对面建群完毕，我一看没有群名，只是小导游挺长的网名，就跟孩儿他爸说，我改个群名吧，跟大家胸牌上名字一致，"青春之旅"，多简洁明快，大家也不至于闹不清是哪个群了。他说你拉倒吧，瞎操什么心。他还在说着，我已经把群名改好了，小导游愉快地默许了。京城之游，一车人分了两组，有去颐和园的，有去天安门的。小导游带着天安门组去坐地铁，颐和园组由司机师傅送到园门前。所以小导游跟颐和园组又建了一个群，我又修改群名："秋游颐和园"，想了想，"游"字没啥感情，这是慕名前去拜访，又改为"秋访颐和园"，大家也都开心接受了。

到了一个服务区，车停了，一车的人纷纷涌向洗手间。片刻，又纷纷回转，好几个旅游大巴停在服务区，长得都一样，但见好多人来来回回看，一脸茫然：哪个车是啊？分不出，只好到车上看一看，有没有自己的包。一个一个车看下来，急也急坏了。原来，小导游经验不足，忘记让大家记车牌号了。怎么解决这个问题？在群里说，怕消息太多淹没了，我又没有@所有人的权力。这可难不倒我，灵机一动，我快速修改群名"青春之旅冀F×××"，好啦！不会再闹不清是哪辆车，也不用小导游再挨个说了，她又默许了。这回孩儿他爸啥都没说，见我屡教不改，懒得理我了。

下午集合时间到了，司机师傅接上颐和园组，赶往天安门组的上车地点。忽见群里小导游说："告诉司机师傅一下，我们要晚点到上车地点了。"我看了看车里疲惫的人们，就跟孩儿他爸说，你去说一声。他说到了那里司机等不着他们会和导游电话联系的。我说那多着急呀，你去告诉一下不就省得他们再打电话了。唉！要不是因为我坐在里面出去不方便，我早就跑下去转告了。就我这爱管闲事儿的劲儿，那是忍也忍不住的！

出个门，这样爱管的闲事能有一箩筐。常常遇有问路的老年人，指指方向还不过瘾，定要把人家送过去。不出门呢？在家，公婆各自爱吃什么，他们老两口相互记不住，他们的儿子也闹不清，就我老想着。这个太凉要热热再吃，那个不好消化要少吃，八十岁的公婆胃病一不小心就犯，我这操心也是没够。没人让我非操心不可，可是忍不住呀！摆个饭桌，谁爱吃的菜就离谁近一点，合理布局。算算时间，老人的衣服穿好几天了该换衣服啦，催他们换下来我洗……

在单位，迎着晨光走在楼道，我赶紧把楼道的灯关了；下班了我若是走得晚，一个个把电脑都关了；看到几张空白A4纸在散放着，就放进打印机里，用废弃了的文件背面记一些工作备忘、打草稿什么的……最奇葩的，是我在五楼工作，上下班路过二楼大厅，看到一盆发财树，盆里土干了，就去卫生间找了个桶，用我不足一百斤的体重能有的力气提了半桶水，给这个干渴的树朋友送点水喝……

待人处世，我生气了总是会说："等着！什么时候有事求我了，看我还帮不！"可是我从来不长记性，总是选择性记忆，对我好的记得住，对我不好的转身就忘，结果常常是人家还没说让我帮，我一看有我能帮的，早就急着"多管闲事"去了。更不用说本就相处融洽的，开口跟我提了需要帮助的，那更是极尽所能。

这样的多管闲事，真的是"多"吗？真的是"闲"吗？真的是只添了累吗？我想，亲爱的你，在人生的考卷上，一定跟我一样毫不犹豫挥笔作答：小到一举手一投足，大到挽狂澜于既倒，这样的"多管闲事"如一颗颗饱满的种子，长出来的，是灵魂的明亮，这明亮，是累之外一种轻盈的愉悦。我有个小小的愿望，让这样的"多"更多，让这样的"闲"更美好，让这样的明亮温暖更多的人。

送燕儿回家

上了两节课，又判了一节课作业，刚刚由阴凉的办公室走出，来到阳光里面，只觉得一阵眩晕。慌忙扶住墙，定了定神，眼前才算不冒金星了。但是马上就有一幕比眼前的金星更让我惊诧的现象吸引了我的视线，也驱走了我的疲惫：很多燕子在绕着实验楼低飞，总有二三十只，贴地低飞盘旋，蔚为壮观。因为实验楼和教学楼之间的空地本就不大，东西两侧还各有一个花池，所以在这么点儿大的地方聚集这么多燕子实属罕见，而况阳光明媚，晴空万里，又不是谚语说的"燕子低飞，必定有雨"。什么原因促使燕子们在这里集会？我惊异地看着这些黑色的美丽的小精灵，开始寻找答案。

答案并不难找到。因为燕子们丝毫不掩饰它们的焦灼，也不掩饰它们焦灼的方向。于是我很快发现实验楼大厅的阴凉处有一只极弱的小燕子。我走近它，蹲下来，才明白为什么这么多的燕子如此焦灼了。这只小燕子嘴角还是嫩黄的，根本不会飞，不知道怎么从窝里掉了出来，自己又回不去，在那里茫然无措。那些大燕子绕着它低飞，也同样茫然无措。这只小燕子已经没有什么力气了，在我试图捧起它的时候，它向前扑了几下，就不动了。可是这一扑，也使得它来到了阳光直接照射的地方。我这才发现今天的太阳怎么这么毒，这只娇嫩的小燕子如何承受得住。可是我又能怎样帮它呢？我双手将它小心地捧起，梳理它的柔羽，同时心中快速地思索方案：将它带回宿舍？喂点东西？可是我从没养过小鸟，真没有这方面的经验。而且它太小了，肯定行不通。可它现在的样子离了照顾肯定是活不久的。

正在发愁，忽然从实验楼里走出来两个小男孩，三年级的小男孩。我一看，就笑了，他们两个是我们学校老师的孩子，今天是星期六，跟妈妈到学校里来了。（这是一个初中寄宿学校，两个星期放一次假。）两个很好的救兵！果然，他们对我手上的小燕子很是关心："阿姨，这只小燕子受伤了吧？"我说："是啊，现在怎么办呢？"他们说："我们应该送它回家，回到爸爸妈妈的身边。"哦，我怎么就没有想到，应该让小燕子回家才对，很多时候我总是惊诧孩子的智慧。比如现在，他们说："我们应该先给它喝点水，它肯定中暑了。一会儿再想办法送它回家。"

两个孩子一番侦察之后，认为应该去花池里的水龙头那里喂水。他们从我手里小心地接过小燕子，来到花池。我紧随其后，随时准备给他们打下手。果然难题来了，找不到盛水的器皿。这个难不倒孩子们。几秒钟之后，一个用树叶卷成的小杯做好了，装上清凉的水，凑到小燕子的嘴边，一开始它不喝，很快就能够喝几口了，喝了水的小燕子抖一抖羽毛，精神多了。这时候我忽然发现那些贴地低飞的焦灼的大燕子们纷纷飞走了。是不是发现小燕子现在安全了，它们放心了？然后我们又把雏燕带到实验楼的阴凉里，开始实施送它回家的计划。

怕小燕子待得不舒服，孩子们给它铺上了几片树叶，又摘来一朵花，放到它的旁边。一个多么清新漂亮的小床啊！然后我们三个离小燕子远一点，让它自由地待一会儿，我们得研究研究。这时大燕子们又都纷纷飞回来了。看来它们很关注我们的研究方案。最先飞回来的是两只燕子，围着小燕子不停地叫着。小男孩说："这是它的爸爸妈妈。它们很着急，也在研究办法呢。一会儿它的叔叔阿姨姑姑舅舅就都来了。"正说着，燕子越来越多，蔚为壮观。果然，它的亲戚们都来了，它们也很着急啊。也不知道它的家在哪里，我们怎么送它呢？

这时候，有一个小女孩来了，一同关注此事。正在发愁，走过来一个男老师，带着他的孩子，一个三岁的小男孩，也加入了救援队伍。他说，实验楼大厅里就有燕子的巢，可以把它放上去。哦，我们一看，那里好几个巢呢，哪个是它的家啊？应该是最近的那个吧。再说，即使进错了家门，燕子家族也应该不会排斥小燕子的。主意已定，我们找了一个最近的办公室，又喊来两个男老师帮忙，搬出一张办公桌，一张椅子，摞起来，请个子最高的男老师上去，终于够到巢了，把小燕子放了进去。刚刚放进去，就见两只大燕子飞到巢里，一阵叽叽喳喳，不知道在和小燕子说些什么。我们都高兴地看着。确定没有排斥现象，才慢慢离开，让燕子们叙叙天伦之乐吧。

忘不了孩子们的智慧，那个树叶做的小杯，那些树叶与花朵铺成的小床，那些可爱的童言稚语，还有参与救援的三个男老师。那一刻，我觉得我们都成了孩子，而小燕子是我们共同的朋友，我们有一个共同的心愿，愿小燕子朋友与家人幸福平安。

种一朵月亮花

有时候，熟悉的地方也有惊喜，每当看到那些日日走过的地方突然出现美丽的风景，总是忍不住叹一声：真好。更好的则是惊喜后面隐藏的那颗玲珑的心，感谢我们的生活中总有幕后默默付出的人们。

我上班的单位在政府大楼的五楼，每次我都不坐电梯，总是抬级而上。单位弧形的大楼外面，通向二楼的楼梯在阳光下，怎忍负了这阳光呢？楼梯是一个大大的斜坡，中间铺了土，种上冬青，两侧是台阶。日日走过，冬青依旧。忽然有一天，冬青怀里间种的月季花开了，袅袅婷婷，迎风而立，亦向每一个拾级而上的人点头致意。忽然又一天，楼梯内侧装了一些细细的灯管，夜里值班，再上楼不会担心怕黑了，温柔的金色光芒将我拥住，一种被照顾着的温暖油然而生。忽然又一天，台阶上摆出几条花廊，浅红的，淡紫的，映亮了时光。是谁，在用如花的心境，装扮一成不变的生活，让这光阴深处，因爱而芬芳起来。

晚上值完班，从单位大楼里走出，仍是从二楼往外走。走下这段宽阔的露天楼梯，俯视楼下那些静穆的树，那些温婉的花，那些柔软的草，它们都快睡着了，正酝酿着一个又一个璀璨的梦。若正好有皎洁的月光，它们的梦就更加晶莹了。

月光，灯光，树影，如此和谐美好。在快节奏、碎片化的生活之外，总会记得，有些爱，值得驻足。

迎面遇上月亮的时候，就忍不住拍下月与树的合影，然后看着照片，忽然觉得月亮像一朵发光的花，可不可以让它开在树梢上？家里打电话来催了："怎么还不回？"我说："马上，马上。"然后往回走几步，再往前走两步，手机左歪一点，又歪一点，终于对准了角度，来来回回拍了好几张，让树梢开出了一朵又一朵月亮花。

回家又太晚了，睡得也晚了，但有月亮花陪我，梦里也满是清美的风景。

时光是一株葳蕤的树，善良努力的人总能在属于自己的树梢上，种一朵月亮花。

善良是一个人最美的容貌

楼下一树石榴花开,青翠的绿和明亮的红,明目悦心。一直觉得石榴花就是新嫁娘,那花瓣繁繁弯弯,是曲曲折折的新妇情怀;那娇嫩,那柔媚,那风情,在在都是凤冠霞帔的心事……

走到花园小广场的梧桐树下,抬头看,大大的憨憨的梧桐叶茂密如盖,小小的玲珑的银杏叶清丽如翠,鸟鸣声格外清亮悦耳。走在绿荫下,听着鸟鸣,真想静静地一个人多亲近一会儿这可爱的夏日。

这样温柔广博的爱,这样纤细如发清澈如水的心境,该是善良最初最干净的模样。

曾经看到一本书上说,一个人的容貌真的是可以在岁月中慢慢改变的。一个人如果总是怨天尤人,眉头紧锁,年深日久,她(他)就长成了苦大仇深的模样;一个人如果内心盛满了阳光,与人为善,与物为春,总是微笑着,嘴角就会往上翘,岁月如流,慢慢她(他)就长成了优雅美好的模样。

身为女子,谁不希望容貌更美?多少名贵的护肤品化妆品都在所不惜。然而,内在的最好的保养只有一个"化妆品",那就是善良。

做一个清新婉约又活泼明媚的女子,可以不倾国,可以不倾城,但我可以,倾倒善良。女人就该如花,生来是为了美丽世界的——不管人生怎样曲折坎坷,世间多少灯红酒绿,始终在心里留个家,留给快乐和豁达。不要忘了,我们可以如花一样芬芳自己的人生。为了美丽世界，请先让自己柔美，秀美，淳美，姣美……在善良的底色里，每个女人都是一道怡人的美景。

生命是沉重的，但到了某个时刻终于明白，它也可以是轻盈的。

生活，总是一直考验人们面对苦难的能力和化解困境的能力。而且，乐此不疲。但就算生活有无尽的痛苦折磨，我还是觉得幸福更多。每当命运毫不留情地把生活弄皱，我都依然坚持着用自己的信念把生活一点一点地熨烫平整，然后让它在阳光下开成一片花海。

沉重的事总会终结，我将继续，与人为善，与事为美，与物为春——相信这样的美好如明珠，连珠成串，佩在坎坷磨难的人生路上，人生也将因此珠圆玉润。

做好自己该做的，帮助更多可以帮助的，爱护一切需要爱护的，不求回报，心中安然，这样的从容温婉慢慢体现在脸上，人就会越来越美，因为善良是一个人最美的容貌。

夜半惊魂

连日劳累，浑身疼痛，早早躺下，不知花园广场的山寨版歌声啥时候停的，也不知孩儿他爸啥时候才能从电脑前离开——反正催了几遍催不动，我就睡着了。

正睡得沉，忽听客厅门口对讲机"丁零零"响，静夜之时，这声音格外突兀，格外响亮。婆婆的卧室离客厅近，她蹒跚着起床去接了，只听见楼下按对讲机的人说他是三楼的，没带单元楼门口的钥匙，请求帮忙给开一下单元楼门。婆婆说："我们这个按钮坏了，我给你试试，你看看能打开吗？"我也想起来我们这个对讲机按钮早就接触不良了，因为家人都有钥匙，也没忙着去修。我睁开困倦的双眼，见孩儿他爸刚关电脑，就催他说："你去看看。"他很听话地出去了。果然对讲机的按钮怎么也按不开单元楼门。就听婆婆对那人说："你试试别的人家吧，我们这个按钮坏了。"孩儿他爸一看按钮不行，也回卧室来了。我跟他说："你下去给人家开一下门吧，这个单元估计就咱们这一家在这儿住呢，你不去开，一会儿对讲机还得响。"他生气地说："我才不去呢，要是坏人怎么办？深更半夜的，折腾人。让他找别家！"我心想，说了咱这个单元住的人少，别的家没人应答怎么办？我入睡比较难，万一困劲儿被赶跑，只怕要失眠大半夜，所以不想穿衣服起床，只好继续劝孩儿他爸："他不是说是三楼的吗？三楼两户人家情况咱都熟悉，你去给他开门之前，两个问题就能判断是不是坏人了。比如问问他老家是哪个村的。"孩子他爸不听，说我还得睡觉呢！然后不由分说躺下了。

　　刚躺下，果然对讲机又响。孩子他爸无比烦躁，婆婆又去接了。我就听见婆婆试了试按钮，还是说按钮坏了，请他找别的人家。然后听见婆婆也唠叨说："是啊，不能下楼开门去，万一是坏人呢。"唉，我继续做孩儿他爸的工作："肯定别的人家都不在，就咱们一家，不去给他开门，让他一直在外面冻着吗？你做点好事行不行？"他说："不行，我怕是坏人，让他自己想办法去。"唉，要不是我早在被窝里了，你们还都没脱衣服，我用得着费这样的劲儿啊。不管怎么说我是不能坐视不管的，否则真是邻居回来了，能帮一把是一定要帮的。于是我披上睡裙，说你不去我去。我一往外面走，他倒也跟出来了。不管怎么说，他还是担心我的安全的，一个小女子去给一个不知何方神圣的大男人开门去，他可说什么也躺不住了。

　　来到单元楼门前，就听门外的人无限歉意地说："打扰了，别的人家都不在……"于是我们开始提问，以确保平安。"你是三零几的？"他说302。"哦，那……"我刚想继续确认，就见孩儿他爸已经把门打开了，他从楼门的缝隙里认出了这个邻居。于是邻居终于进来了，我一看，嚄，这个胖家伙，身上只穿着一件短袖！时令已是深秋，真够火力壮的。那也不能保证这么在外面等，会不会冻着了啊。邻居千恩万谢上楼去，我们也回来了。成功做了一件好事，我的教师职业病又犯了，跟孩儿他爸说："唉，同样是生活在一起的两口子，做人的差距怎么这么大呢！"他说："你拉倒吧，要是坏人怎么办？"我说："咱不错放进一个坏人来，也不能多耽误一个好人呀！何况我教你了，开门之前先验证……唉，同样是生活在一起的两口子……"他说："你少说几句吧，就你这入睡难的，都把你折腾精神了，看你怎么睡得着！"我一看表，乖乖，12点整。

　　后来果然精神得睡不着。其实孩子他爸的安全意识还是对的，小时候那种从不锁门的时代是一去不复返了……只是我这爱管闲事的毛病还没改。这毛病肯定改不了了。

展公益风采　助文明花开

　　他们站在斑马线前，拦住闯红灯的行人，耐心地劝导；他们挥动小红旗，引导欲驶入机动车道的非机动车转入安全地带；他们上前搀扶腿脚不便的老年人，帮助老人安全通过人行道；他们眼观六路耳听八方，协助交警将路口繁忙的交通引导得井然有序，得到来往行人的由衷称赞："志愿者，好样的！"

　　他们来自各行各业，是容城县志愿服务团队中的一员，所负责的文明交通引导服务是容城县志愿服务活动中的一项内容。烈日炎炎，挡不住志愿者的爱心；人流攘攘，最美的是志愿者的身影——在志愿者们的努力下，不文明交通行为大大减少，来往行人看到志愿者们的身影都倍感亲切。

　　烈日炙烤着大地，汗水湿透了衣衫，志愿者们不知疲倦、不畏辛劳，早高峰和晚高峰，在各个主要路口忙碌着，坚持着。我作为宣传部工作人员，与同事们一起，组织安排了两天共四个时间段的"容和"志愿服务活动，全程参与，被志愿者们美丽的心灵、辛勤的服务、无私的精神深深感动。"容和"志愿者是社会招募的，他们积极报名，踊跃参加，有中年人，有年轻人，甚至有很多大学生、高中生，他们顾不上早饭、晚饭，顾不上喝水，衣服和帽子都被汗水湿透了，但没有人叫苦叫累，都觉得能够做点自己力所能及的事情是一种幸福。你看，那个美丽的小姑娘，看到红灯亮了还有人往前走，迅速地跑过去，挥动手中小红旗将行人拦下，热情礼貌地说："叔叔，阿姨，请您等一等再走。请您在横线后面等待，注意安全。"这时候，再着急的行人也会微笑着停下来。很多人问："你们志愿者挣多少钱呀？"听到"不挣钱，是公益的"回答后，他们都由衷地敬佩："你们真行！"活动现场吸引来不少容城本地人及慕名前来雄安发展的新市民的关注，纷纷表示想加入志愿者团队，他们有的留下了联系方式，有的当场就加入了志愿服务群，有的则表示这活动太好了，很有意义又能锻炼人，要让孩子加入……志愿服务活动获得了极高的认同率、支持率。

　　奉献是一种力量，如灯塔照亮航线，如花香浸润人间。头戴小红帽、身穿红马甲的志愿者是一道靓丽的风景线，尽展公益风采，助力文明花开。他们用真诚的微笑、热情的志愿服务，一路播撒温馨和美好，带给我们很多的感动，这些暖意融融的感动如一颗颗晶莹的珍珠，那璀璨柔美的光芒，辉映在时光之河。志愿者们不怕苦、不怕累，用实际行动浇灌着一朵名叫文明的花。这朵花以善良为土壤，热情为阳光，互助友爱为枝叶，只要你愿意，它就开在你的心里，开在举手投足间，开在你微笑的眉间眼底，那是世上最美丽的花。

诗心盈路，岁月凝香

母亲早逝，父亲脾气不好，未能拥有一个快乐无忧的童年，那么，长大了，我的生活可以由我作主了吗？16岁那年，初次离家求学在外，我渴望自由，渴望快乐，渴望更高更远的境界。不要再让孤独和忧伤浓得化不开，推开沉重的一切，于是给自己起笔名"心盈"，并赋小诗一首，诠释此名为"让心境轻盈"。

这黑夜的足音踏出一曲幽谷的琴声
在乌云的背后弹奏着晴空
即使星和月都不在听
我的飞翔还有风儿可以作证

心境轻盈了，我就可以不困在孤独漂泊的苦海里了，可以不浸在多愁善感的泪水里了，可以开心快乐了。现在想来，虽然自幼身世坎坷多难，那时候的悲苦也难免颇有些"为赋新词强说愁"的少年情怀。

后来毕业了，登上讲台，要教给我的学生积极向上、勤奋好学、温暖待人、善良友爱……恨不得这世上所有美好的词汇都要扎根在我的学生们的心上。对这些可爱的男孩女孩倾注了满满的爱，希望他们成长得更好，自然要以身作则，自己也要努力做到更好。不能只顾自己轻松快乐，于是修正笔名释义：心盈，意为"让心境充盈"，充实而又轻盈。告诉学生们也要让自己的心更充实，用自己的努力充实自己的人生，再以轻盈的心态让自己不受世俗纠结之苦。

再后来，更趋进步，感觉"充"字也不太好，于是继续修正笔名释义：心盈，意为"让心境丰盈"。"丰"当比"轻"，比"充"，见证了成长。"丰"之一字，有多少美好的画面：丰富，丰盛，丰收，丰厚，丰润，丰硕，丰泽，丰洁……还有，丰盈。内心丰盈，是不管生活多么贫瘠，人生多么艰辛，心中总有最辽阔的山水，最壮美的丰收。常见有人物质条件非常丰沛，仍然不幸福，那是心田干旱了。也常见有人车简屋陋、布衣蔬食，但眉间眼底满是充溢着快乐，那是内心丰盈了。物质是前提，是生活的基础；有了基础就踏实了，再多的都是锦上添花，物质能得来也会失去，终究靠不住，内心的丰盈才永不枯竭，而且可以世代延续和继承发扬。"诗书继世长"大抵说的就是这个意思。文化、修养、学识、美德……这都是内心的丰盈。于是，让心更丰盈就成了我的目标。

前些天，好友看了我一篇小文之后，给我题了两句：淡然求心宁，芬芳自盈盈。好惊艳的句子，将"心盈"嵌在其中，而且忽然有了一种超脱感。内心丰富了，接下来呢，该得失淡然了。多承谬赞，于我正是新的目标出现，这两句诗马上被我作为个性签名了。芬芳的是诗句，更是一种无论过了多久、无论相隔多远都依然安放在心的情谊。

"心盈小屿"个人公众号开通以来，我努力写温暖明亮的文字，也有不被理解的失落，但更多的是支持和关爱。朋友们关注、阅读、转发、赞赏，那些澄澈的感动，如松间明月，石上清泉。有一位大伯，也是自小身世坎坷，但他一直善良热情，每次都认真读我的小文，然后转发给他的老师和朋友们，那些老人家，也那么用心读，暖心评，给我很多的肯定和鼓励。

前几天，有一个朋友给我发了一个链接，"朗诵：心若丰盈，优雅天成"。她说，看到这篇文章，想到你了，发过去，分享一下。她说，你的文字细腻感性。实际上，这是一个从家长群加入的朋友，尚未谋面即有如此温情交流，多么美好。

一路走来，我的生活仍然不能全由我作主，磕磕绊绊，委屈和泪水自不可免，生离死别的惊涛骇浪亦不时袭来，但来自亲朋好友的真挚情谊始终丰盈在生命的枝头，花开之际，岁月凝香。怎能负了这诸多美好呢？亦需时时努力回报这样的美好。不管风雨再不再来，都让心里盈满这样的好，这样的善，这样的暖……

让青春闪耀善美光芒

这只是一群羽翼未丰的孩子，这又不仅仅是一群孩子，他们用心中大爱，让自己的青春闪耀着善美光芒。

镜头一：人来人往的厂区内，面对冲向人群和煤气管道的失控大货车，你用自己18岁的青春奋力保护他人生命财产安全，连续三次试图登上驾驶室控制车辆，最终不幸遇难。你匆匆地走了，你英勇的光芒却已照亮了无数善良的心灵。在你的家乡临漳县砖寨营乡协王村，乡亲们被你深深感动，轮流陪护安慰你的家人，不断有同学、朋友从外地赶过来帮助你的家人。村民帮你家收割完了4亩地的麦子。还有成千上万的网友向你致敬，向你学习，大家说，天堂因为有你而多了一份感动！你的血没有白流，你用青春的生命诠释了平民英雄的大善大勇！你，就是最美农民工王俊旺。

镜头二：出生不久的你被父母遗弃，养父的不离不弃让你从小就懂得了感恩和回报。家境艰难，你用瘦弱的身躯扛起了养家的重担；心疼养父病弱的身体，你也用不离不弃来报答他的恩情——面对心爱的人向自己求婚，你不求富贵，不要彩礼，唯一的要求就是：带着养父出嫁！于是，养父得以在你的新家里颐养天年。百善孝为先，你的大孝让更多的人懂得了怎样善待老人，怎样孝敬老人。你，就是最美新娘陈红。

镜头三：从学校组织的义务献血活动开始，文静瘦弱的你每年都坚持义务献血，还成为一名中华骨髓库志愿者。当得知只有你才能救助一名上海市儿童医院的 12 岁白血病患者，你毫不犹豫答应捐献造血干细胞。即将大学毕业，当同学们都在忙着找工作的时候，你却在配合医生做着一系列捐髓的准备。你说："工作可以随时找，生命却不能重新开始。"救人是第一位的。采集了 6 个多小时，你的 203 克血样被带往上海，素不相识、生命垂危的病人有了生的希望。你的善良博爱不仅救助了一个小女孩，还给周围的人带来了暖如春风的气息。你，就是"善行门第最美女儿"——张珊珊。

你是从高考后第一天就跟着妈妈扫街的唐建哲；你是坚持 8 年背同学上学的沧州好人吕希庆；你是冲到行进列车前救人被轧断双腿的"最美学警"李博亚……越来越多的最美人物，正在种下无数与人为善、充满希望的种子，这些种子必将孕育成长，成为道德世界里的参天大树。

他们的青春，闪耀着善美的光芒。也许我们在生活中，没有经历过那么多惊心动魄的场面，但是从身边小事做起，让个座，搭把手，一举手一投足，在家庭中、在社会中我们都能行善、扬善，这个世界将因为善良的力量而充满大爱。

岁月沧桑，此心清亮

记得看完电影《芳华》之后，对何小萍（苗苗饰）敬军礼的微笑侧颜照觉得眼熟，想了想，找到几年前我去爬山的时候一张照片，被孩儿他爸当手机屏保的，一对比，很有点像，就做了个拼图。朋友们看到后都说神似。那么这个"神"指的是什么呢？我想应该是何小萍初到军营时的憧憬和向往，是那种非常单纯、非常天真的憧憬和向往。

后来何小萍经历的一切坎坷磨难，都始料未及。如果她能有一些思想准备，我想可能就会好一些。可惜善良、淳朴、天真、单纯，限制了她的想象力。有人的地方就有江湖，有江湖的地方就有错综复杂的惊涛骇浪。很多时候，无心之过，不被原谅；太傻太单纯，会被轻视和欺侮。而一些处心积虑的错误反而得到某些保护。在这样一个过程中，有的人逐步学会了"聪明"，学会了应对，学会了以彼之道，还施彼身。慢慢的，善良单纯天真就都已经成了过去时。但有的人，终其一生也学不会太聪明，识不破别人施加过来的那些险恶。这样的人即使经历了很多，即使被风雨无情地击打过，即使被深深信任的人冰冷地伤害过，仍然选择用曾经的善良，曾经的单纯和天真面对一切。秉性如此，根深蒂固，无法更改，也不想更改，即使头破血流，即使伤痕累累。

记得有朋友曾经问我："你知道你和你的两个妹妹有什么共同点吗？"我说："我们三个长得不太像，一个从教，一个经商，另一个务农，脾气性格也都不太像，不知道你说的共同点是什么？"朋友说："你们三个的共同点就是都特别天真。你看你上了这么多年的班，见识过很多的人和事，40岁了，可是无论看哪个人、哪件事总愿意从好的方面去想，一想就是符合规则的，一想这人就是值得信任的，他（她）说什么你就信什么。"哦，这么一说还真是，我总是谁都相信，总是把人往好的方面去想，总是觉得他（她）说的都是真的。即使被现实啪啪打脸，可是好了伤疤忘了疼，永远记不住经验教训。下次依然是以满腔的热忱去对待所有的人和事。"对啊，"朋友说，"所以你眼睛里流露出来的就是那么一种天真，那么一种不谙世事的天真，那么一种不像中年人的天真。你的两个妹妹也是，这么大的人了，还像小孩一样天真。"是啊，是啊，我频频点头。两个妹妹，大妹妹经商，商场是多么鱼龙混杂的一个不见硝烟的战场，大妹妹也见识过很多的人和事了，常被有些人气得没办法，就一个劲儿地说："这人怎么能这样呢？这人怎么能这样呢？！"可是说完了，仍然记不住人心有多么复杂，下次再和人打交道还是那么天真。商场里摸爬滚打，屡经"战乱"，她的心境依然如诗如水，朋友圈里也经常摘记一些非常诗意的唯美散文，怎么看怎么都不像一个已在商界混迹多年的中年女子。小妹妹在村里更是一派天真。即使上学不多，爱写诗写词的她也已造诣颇深，在诗词中一直保有一份非常干净清澈的心境。尘世纷扰，扰不乱她那个单纯天真的自我的世界。小叔子家生了女儿，她给起名字，对小小的女婴，更是万般怜爱。

我平时喜欢看书，读古人书，读很多的文学作品，从教十多年，后来到政府部门工作，无论从书中还是现实中，其实知道的道理也不少，了解的也不少，脾气也不太好，也很直接，生了气就想拍桌子，慷慨激昂，遇到不公平的事儿也总是路见不平就想拔刀相助。但是说完了也不往心里去，一转身就忘了，等到伤害过我的那个人再和我打交道的时候，仍然一片赤诚对待他（她）。

岁月无论怎样沧桑，此心仍然如银般清亮。

时间是最公正的审判员，无论多久以后，我想，一个人最大的财富，仍然是善良。毕淑敏曾说，善良是一个女人最好的化妆品，它使女孩子的脸生出一层圣洁之光，看上去就格外动人。其实男人也是一样的，儒雅大度的气质一定有着善良的底色。还好我经常能看到，我身边有很多这样善良的人。他们淳朴热情，毫无心机，他们对人对事也都是那样的心善单纯。因为有这样的朋友，因为我们在一起，我心中的天空，一直温暖、明亮。

愿善良与你不离不弃，愿你千帆过尽，在眼底，在心间，仍然盛满天真。岁月沧桑，此心清亮。

"雄马"，你不知道的风景

今天上午，一年一度的"雄马"来啦！雄安马拉松，带着朝气蓬勃的力量，已经连续三年与我们在雄安之秋相约。此前很多天，大家就都在念叨雄马，而我已经知道，在长长的赛道之外，在运动健儿们的风采之外，我将相约一个你不知道的风景。

因为工作关系，每次"雄马"来临，就意味着我要在凌晨4点多起床，先在容城县老干部局集合，然后带领平均年龄约70岁的阿姨们一起坐大巴车赶往马拉松赛道旁的展演点，作为一个个特殊的啦啦队，可爱的老人家们或用热烈的腰鼓，或用喜庆的广场舞，或用激昂慷慨的歌声……为"雄马"健儿们加油！她们比我起得早多了，5:20集合，有的老人家两点就起床了，4点就到了。

等来到展演点，阿姨们先化妆，换衣服，把自己打扮得美美的。一切准备停当，开始彩排，一遍遍不厌其烦地练习，拍照，录小视频，忙得不亦乐乎！碰到执勤交警和工作人员，她们总会慈爱地说："你们辛苦啦！辛苦啦！"

在展演点等上两个小时，终于，"雄马"健儿们跑过来啦！阿姨们赶紧唱起来，舞起来，用火红的热情，祝福他们跑出好成绩！"雄马"健儿们也笑着挥手致意："谢谢阿姨！"

一遍又一遍高强度体力的演出，一直到舞累了，深秋的凉意里脸上满是汗水，她们也顾不上休息，而是站在赛道的栏杆外挥舞着舞蹈扇一遍遍喊："帅哥,加油! 美女,加油!"这加油声比年轻人的都洪亮呢!

一直等到运动员们陆陆续续都跑过去了,阿姨们这才找个地方坐下来休息。她们满脸的汗水,气喘吁吁,却仍是兴高采烈的。然后纷纷从各自的布包里拿出各种食物补充能量,然后不由分说塞给我饼干、酸奶、面包、豆干、葡萄……说我太瘦了,非让我吃点。我帮她们拍合影留念,可爱的阿姨们拍完合影就冲我喊:"来来来,小姑娘,跟我们一起照一个!下回你还给我们带队吧!"我这四十多岁的"小姑娘"就被热情地拉到队伍中间了。

看着这些红红的演出服,这些洋溢着热情的笑脸,虽然不再年轻,却又分明是一道美丽的风景!我虽然很困、很累,但我是这道风景中被鼓舞着、温暖着的那一个幸福的"小姑娘"。这一张张合影,时时翻看,时时欣喜,那些明亮的笑,是生命中足以驱散乌云的阳光。

第四辑
弯路有景

一帆风顺的路很少很少，曲折坎坷是常态，人生常常在意想不到的地方突然转个弯，有时还是悬崖边上的弯。面对悬崖是绝望沮丧，还是笑对不一样的风景，靠的是选择，更是智慧、勇气、毅力和从容。山重水复无路之际，亦是柳暗花明美景之时。

路过百花深处

　　为给家人看病，已经在北京的公交车上晃过了好多个周末，听着一个个机械单调的站名，总是昏昏欲睡。到了护国寺附近，有一条长长的街，街上很多的乐器店，我叫它"乐器一条街"。各式各样五花八门的乐器，让这条街隐隐荡漾在一片悠扬的海，虽无音乐声，音乐已盛开。正遐想间，有一个路牌，让公交车上的我心里一动，赶紧举起手机来拍，但没有抓拍上，路牌一闪而过。它的名字却温柔地款步走进我的心里，忍不住要把它写下来，同时与当年那个命名它的人，那开花的心境，那芬芳的眼神，盈盈邂逅。这个胡同的名字叫"百花深处"。

　　北方的路牌，不似江南镂刻成亭台玲珑可喜的样子，多是简单粗放的风格，一如很多北方人单纯粗犷的性格。只是一根直直的铁棍，顶着一块长方的牌子，印刷字体标准而又单一，寻不到诗意的美。周围"新街口""板桥二条"等路牌的名字，更是疲惫了远来就医者满是沧桑的眼睛。忽然之间，"百花深处"闯进眼帘，撞出了心湖里朵朵花开的惊喜，激起一圈又一圈美丽的涟漪。

　　携着缤纷悠远的目光，问了百度，它说百花深处是一条胡同名，是北京街巷名称极雅者。属北京市西城区什刹海街道辖域，东起护国寺东巷，西至新街口南大街，北侧与新太平胡同相通，南侧与护国寺西巷相通。

　　看着周围的一圈地名，"百花深处"何止极雅，简直是极致的诗，极致的美。

循着这唯美小诗的韵脚，走进"百花深处"的深处，去寻那花团锦簇的来处。本以为定是极为高雅的文人墨客，抑或诗礼簪缨世族留下的，可是怎么也想不到，竟是一对卖菜的农人夫妻以多年的辛勤劳作留下了一个千百年来的传奇，一个北京城的"百花深处"。

还是在明万历年间，有张姓菜农夫妇用多年积蓄在新街口南小巷内购买空地二三十亩，种菜卖菜。这是一块菜地，亦是小夫妻勤俭致富的福地。致富之后，他们广植花木，叠石为山，修湖筑亭，将这块菜地写成了一首田园诗。牡丹、芍药、黄菊、红梅、池中莲藕……花香馥馥，无时不盛，四时皆宜。当时城中士大夫等多前往游赏。张氏夫妇死后，花园渐渐荒芜。清乾隆十五年（1750），京城全图称之为花局胡同。光绪十一年（1885），朱一新《京师专巷志稿》改称百花深处胡同。民国后去"胡同"简称今名。

1993年，有一首歌曲《北京一夜》获第一届新加坡金曲奖。歌词中的句子让我们看到了一个沧海桑田版的"百花深处"。

我留下许多情

不敢在午夜问路

怕走到百花深处

人说百花的深处

住着老情人 缝着绣花鞋

面容安详的老人

依旧等着 那出征的归人……

把酒高歌的男儿是北方的狼族

人说北方的狼族

会在寒风起 站在城门外

穿着腐锈的铁衣

呼唤城门开 眼中含着泪……

我已等待了千年

为何城门还不开

……

当年陈升在北京新街口的百花录音棚录音，很不顺利，特别着急。夜深酒后，他在附近闲走，看着那斑驳厚重的城门，怀想千百年来的历史，无数悲欢离合激荡在心，歌曲《北京一夜》喷涌而出。"百花深处"胡同里的录音棚，曾是像陈升这样的一群怀揣音乐梦想的年轻人奋斗过的地方。

如今想来，百花深处虽已百花难觅，有这样美的名字留下来，有执着寻梦的足迹走过来，张氏夫妻抚着种菜的双手的茧，当含笑九泉。

揉揉疲惫的眼睛，路过百花深处，我慢慢抚平眉头的结。想人生亦是一条长长的街，无数的站牌和胡同，我们要怎样一一命名？愿以菜畦为车辙，路过坎坷，路过沧桑，也路过百花深处。

我是我自己的皇家风范

宏阔壮丽的颐和园，一直心向往之。及至终于成行，还是赶在了国庆节出游的高峰期。园内人山人海，险些遮住了真正的山和水，也遮住了很多寻幽访胜的目光。我只好将手机举起，越过如潮的人流，去拍山、拍水、拍桥、拍亭台楼阁，拍那些葱郁的树木……正仰得脖子发酸，孩儿他爸拍我，看！还有坐轮椅的！

果然，一个头发花白身形瘦弱的老人，靠在轮椅上，被女儿推着，艰难地在人潮中前行。一个人已经是寸步难行了，再推着一个，该会是怎样的焦躁和无耐？看向那个中年妇女的脸，却是不急不忙云淡风轻，能走就走几步，不能走就停下来等，时不时低头看看老人有什么需要，一脸的关切。我想象着老人目光的角度，山光水色、亭台楼阁当是无缘了，她看到的，是人的森林。胖的瘦的美的丑的老的少的，无数的人挤成的森林。无论哪一个，都比她看得高——连小孩子也多被父母举起。这样的景象，持续几小时，老人该是怎样的苦涩与悲凉？再看向老人的脸，却满是恬淡祥和。皱纹沟壑之间，风霜雨雪隐隐现现，刻了多少岁月的沧桑，就折叠了多少时光的从容。

走出了好远，才离开了人最挤的地方，来到水边石畔，来到树旁桥上，心里挂念着那对母女，不知什么时候她们才能慢慢走出人群的包围。停下来拍照，忽见又一辆轮椅由身边路过，是一个年轻的小伙子推着一个老爷子，看样子像爷孙俩。小伙子走得很快，脚步生风，脸上洒满了正午的阳光，秋阳不燥，明丽多情。老爷子很享受地骄傲于自己比一般的行人还快，眼睛老了，目光正年轻，逡巡流转之间将所有的美景收入眼底。宫殿山水的美，在目；天伦敦睦的美，在心。

　　沿湖走了一大圈，快到来时的那个门，计步器显示已近两万步，我累得简直抬不起腿了。稍事休息，我闲望游人，又看到一辆轮椅，上边坐着一个人，后面一个人在推。举了举手机想拍照，又放下了。若拍照来晒朋友圈，总有点心中不适，似乎亵渎了一种庄静和尊重。

　　正思绪翩飞间，忽见一辆电动轮椅飞速而至。轮椅上一个整洁利落的妇人，总有六七十岁了，她一个人控制着轮椅，在人流间穿梭，驾轻就熟，流畅自如。一派"舍我其谁"的气概。我刚一眨眼，已经只剩一个背影。心想，拍个背影总可以吧，手从包里拿手机犹豫的几秒钟里，她和轮椅的背影也已远去。我却挪不动目光了，冲着她背影远去的方向凝神许久。想，这些轮椅上的人，是美景如画的颐和园里一抹别样靓丽的风采。因为，我不能走，但我还可以游园，还可以沐人生的秋阳，相信我是我自己的皇家风范。甚至，我不能走，我还可以更快！

你的房子里住些什么

孩儿他爸打电话给我，焦急万分："明明说能报销百分之七八十，住院四天花了两万多，我刚查了一下，才给报回六千多！这怎么搞的？本来还以为报销回来除了还上借咱姐的一万，还能有富余。这下可好，连还钱都不够！"听着他气愤到大嚷大叫的声音，看到这样与预想相差巨大的数字，我心里一点波澜都没有，平静的如无风的湖面，云淡风轻地在电话里回："哦，这样啊，别急，不气。首先，去医保所查一查，看看是否出了纰漏。其次，了解一下是不是有些药物和器材费不在报销之列。如果查出有问题，能补些钱最好；如果查完了发现没有疏漏，就是这些钱，那也就认了，这有什么，不够还钱，咱姐也不着急催你要，慢慢还呗。"他在电话那头重重叹气："只能这样了！今天晚了，医保所下班了，还得明天去。不对，明天车限号，明天还去不了，还得后天去。烦死了！"我说："在去医保所之前，你啥都不要想了，胡思乱想有什么用？郁闷得身体不好了，那就又要受罪又要损失钱了。听话，别想了。"挂了电话，我就继续忙我手头的工作，这事连一颗最小的石子都比不上，没有在我心湖里泛起一丁点涟漪。

忙了一晚上，回到家，儿子迎上来跟我汇报："妈你可回来了，都快把奶奶和老爸愁死了！愁半天了。我就听他们嚷嚷说报销什么的。"咳，我早忘了这茬。看来孩儿他爸还是没听话。要是我，去医保所之前，这事儿是坚决不在我心里占据一席之地的。事情还没弄清楚，发愁、生气、纠结、郁闷，有用吗？

这些负能量白白占据你的脑海，白白占用你的时间精力，白白损害你的健康，非但无用而且有害。

这只是平时生活中的小事一桩，小例一个，凡此种种，不胜枚举。心之负累，可见一斑。

想起小时候，因为6岁失母，我早早告别了自己的童年，终日忙忙碌碌。不到10岁，就做饭、洗衣、喂猪、下地……上了学之后还要顺便考个全校第一。干农活儿累到不行了，没力气走回家吃饭，就地躺倒，数星星，写小诗。也曾伤感也曾凄凉，但绝不颓然，绝不怨尤。生活再艰难，星空的璀璨晶莹也不要钱。

没妈的孩子，其实格外敏感。被爸爸吼骂，被哥哥数落，被别的孩子欺负，泪水一遍又一遍浸湿了幼小而劳累的岁月。但擦干眼泪，无论对谁，始终温柔以待。始终记得爸爸为了撑起这个家终日劳碌奔波，宁可饿肚子也舍不得在外面吃一顿饭；记得哥哥在学习与农活之余，搬个小板凳教我做题。长大后踏上讲台，青春年少的学生们给了我很多纯真难忘的情谊，也不乏叛逆的张扬。但那些被气得掉泪的事情，一概忘了；留在心里的，是无数青春的心和成长的声音，是满天下桃李的消息，次第开放，遍地芬芳。

妹妹说我，你就是一个老好人，别人对你多不好，你也不说，还老对别人好。是啊，人无完人，别人对我不好的时候并不是他（她）的全部，还有很多对我好的时候呢，那么，我愿舍弃那些对我不好的一切，如舍弃房前屋后的碎砖碎瓦；记住那些对我好的一切，时时梳理，梳出阳光如线，用清风的手织起，这时光的温暖画幅就盛开在我的房间，永不凋谢。

其实每个人的心，都是一所房子。房子里，住着亲情、友情、爱情，也住着偶尔的伤害和悲哀；住着工作、家务、休闲，也住着诸多的无奈和负累……心的房子只有这一间，该住些什么才能更美，才能华枝春满？别忘了，我们都有一个名叫智慧的助手，一个名叫胸怀的朋友，请它们帮你时时清扫心的房间吧，让清风住进来，让阳光住进来，让你的房间，花香盈怀。

爬出百花盛开的人生风景

第一次见到她,尽管有心理准备,还是吓了一跳。细弱短小的双腿,比正常人胳膊还要细,只有一条腿能伸开,穿十几号的鞋;背弓成一座山,高高隆起;身体呈九十多度弯曲,直不起来。她伏在一个小板凳上,不能坐不能站,只能胸部着力,就这样伏着。看到我们,她高声招呼,笑容满面,急忙出来迎接。双腿站都不能站,更不能走,她将双手放进一双拖鞋里,一条腿伸不开,用双手和一只脚爬行,要到门前迎我们。我的鼻子都酸了,赶紧走进去劝她别再往外爬。尽管我已经在弯下腰说话了,她仍然要使劲儿仰着头才能跟我对话:"没事儿没事儿,习惯啦!你们坐。我去给你们倒杯水。""别别别!"我赶紧拦住她,"来的时候都喝水了,不渴。你快歇会儿。"

1982年,她在全家人的期盼中出生了。家里已有三个哥哥,父母都盼望再生一个女儿,她的到来圆了父母的梦想,一家人本应是欢天喜地,但目睹了她的样子,这梦想变得苦涩起来:个头很小,后背有个大包,两条腿一蜷一伸,被确诊患有先天性脊椎裂,无法行走,大小便失禁,行动不能自如,生活不能自理。据县里医院接生的大夫说,没法治疗,也活不了多长时间。很多邻居相劝:这孩子不要也罢。但母亲实在舍不得。家境并不富裕,三个儿子、老人年近7旬,都需要人照顾,母亲吃过的苦是常人难以想象的。尽管这样,母亲仍然没有放弃,一次次托人去大城市大医院,想通过手术让女儿能有个正常人的身体,换来的却是一次又一次的打击:医生都说没必要手术,治不了……听着这样艰难的过往，不知道什么时候手边多了一杯热气腾腾的茶，原来她悄悄爬出去给每个人都倒了一杯茶："口渴了，喝口水吧！"她笑脸高扬处，阳光满屋。

多年来，母亲每天不厌其烦地像照顾婴儿一样细心照顾着她。身子软，吃奶都比正常的孩子困难，母亲就欠着身子，就着劲地喂。穿衣、吃饭甚至上厕所也都是手把手，每天洗好几盆尿布的日子持续了二十来年。每到农忙季节，田间劳动的间隙总要急忙跑回家看看她。等劳累一天后，晚上再洗一天的尿布，哄她入睡。

她长大到十几岁的时候，渐渐开始学着生活自理。吃饭要将胸口伏在板凳上，右手拄着，左手吃。最初，她想学会拄双拐，但根本站不起来，后背弓成了一座山，无法拄拐，后来就只好爬行。她渴望学习，但无法踏进学校的门槛。一个幼年的同伴每次放学回家，就来教她识字，在母亲的鼓励和同伴的帮助下，聪明的她很快就认识了很多字，慢慢能自己发短信甚至上网了。

都说女儿是娘的小棉袄，她也不例外，虽然因为身体的残疾，很多事对她来说都很艰难，但她知道母亲的劳累和辛苦，就想方设法减轻母亲的劳动量。由于神经受损她无法控制大小便，总得母亲洗尿布，她看不过母亲太劳累，二十来岁的时候，她爬行很熟练了，终于自己想出了办法，每天自己爬着去厕所，一会儿就去一趟，终于不用再麻烦母亲洗尿布了。

她很聪明，虽然母亲想坚持着照顾她，不用她干活儿，但她还是在母亲身边偷偷学会了做饭、洗衣，母亲老了，又有慢性气管炎，怕呛，她就让母亲把食材准备好，她来炒菜做饭。小时候够不到锅台，现在好了，有煤气灶，可以放低些，她趴在板凳上就能做饭。看到母亲给自己改衣服，但是老眼昏花已看不清针线了，她就自己网购了一个小机器，自己学着改。既然双手能动，她就想自己做些零活儿，挣点钱。母亲支持她的想法，只要听说哪里有只靠双手就能做又不费什么力气的活儿，母亲就赶紧去学，有时要骑车十几里去厂子里学，学会了，把活领回来，回到家教给她。这些年，母女俩做过磁头厂的零活、给纸袋钉扣子、给毛绒玩具缝绒球、装棉花，给服装厂的半成品拾线头……她在母亲的帮助下尝试到了工作的快乐，感受到了自己活下去的意义。

在生活自理和做些简单的加工之外，她的精神世界也阳光明媚起来。她用母亲买给她的收音机听音乐、新闻、各种节目……在某个交友节目里，她给主持人发了短信，概述了自己的情况，表达了自己想交友的愿望，主持人在节目里读了她的短信并公布了她的电话号码，一时间很多好心人都给她打来电话，还有好心人买了轮椅给她寄来。疾病折磨浑身疼痛，她总是安慰自己："这个社会上很多好心人，多温暖！我怎么能老把注意力集中在自己的病上呢，我要让母亲放心，让大家为我开心。"如今她用智能手机，能自己上网，有微信，喜欢听评书，喜欢唱歌，喜欢诵读，生活日益充实快乐。母亲用深深的爱滋养着她的生命，而这样多姿多彩的生活和乐观开朗的性格是她给母亲最好的回报，她如愿成为了母亲的贴心小棉袄。母女俩的努力，打破了当年医院大夫说"活不了多久"的断言，如今人到中年的她很美很可爱，像个天真未凿的孩子，脸上总是明亮的笑，笑里是满满的阳光。

闲暇，她常跟侄女儿们说，帮我个忙吧！孩子们心领神会："又给你运点土？""嗯嗯！"于是农家小院里盛开了一首五彩的歌——院子里大大小小的花盆，各种花木高低错落，姹紫嫣红；房间里更是琳琅满目，可乐瓶、矿泉水瓶、小木盒子……都种上了各色花草和绿植，不名贵，但明媚，如她。心灵手巧的她让自己的家绿意葱茏，芬芳馥郁。

没有颓唐，没有怨尤，甚至没有烦躁，没有皱眉，她将坚韧顽强、通达乐观深植在心，用勤奋和热情在爬，用善良和孝义在爬，一天天、一年年，爬出百花盛开的别样美丽人生。

巧手灵心逐梦想

在高考的独木桥上挤得头破血流之前已经失去了挤的机会,这些孩子是连高中都没有考上的成绩不佳的学生。但正是这些孩子,曾经的风雨波折没有把他们打倒,他们在属于自己的土壤上努力发芽生长,含苞开放。走进容城职业技术教育中心的校园,技能节上,每一个专业的展区都盛开了那么多梦想之花,一样美丽芬芳,一样悠远而绵长……琳琅满目、异彩纷呈的作品是知识与能力的体现,也是智慧灵巧的双手与积极美好的心态共同谱就的精美乐章。

计算机部展区:几个同学戴着耳麦大方自信地介绍同学们的作品,那神态跟电视主持人一样呢。网页制作活学活用,旅游网站清新自然,校园网站则充满青春活力;动画片设计童趣盎然、想象丰富,还有的体现社会细节关注公益事业;平面设计多姿多彩,校园报、创意文化衫、马克杯、封面、光盘、书签,还有广告设计,一个个精美的作品让人叹为观止。展出伊始,那些精美的书签很快都被喜欢的老师和同学们珍藏起来。我也收藏了几个,其中有两个是一对,一男孩一女孩,分别以"书山有路勤为径""学海无涯苦作舟"为主题,设计构思巧妙而寓意深刻。等到技能节快结束的时候,每个书签的数量都从五六个锐减至一两个甚至是零了。面对这始料不及的情况,计算机部的老师和同学们脸上都盛开了欣慰的笑容,是啊,这样的认可是对全体师生的努力和付出最大的赞赏。孩子们从零起步,仅仅学习了不到一年时间,就用自己的勤奋和努力赢得了属于自己的进步与成功，这，怎不让人从心底感动？

酒店服务与管理专业：一个个亭亭玉立的少女向我们姗姗走来，她们服饰雅致，笑容甜美，良好的修养与气质令人陶醉，举手投足之间的暖意融融让人如沐春风。她们巧手如飞，一朵朵精巧美丽的杯花、盘花几秒钟就在她们手上灿然盛开。我向一个同学学了丝巾的系法和两三种杯花的做法，只是手拙，做出来的效果远远及不上同学们的作品。这些美丽的女孩子是给生活带来更多美好的天使。

幼教部：这里带给人的惊喜更是层出不穷。当我们看到一套欧式桌椅模型的时候，谁都想把它们摆到自己的客厅，谁不喜欢这样富有创意的生活情调？解说员的介绍根本让我们倍感惊奇——原来这只是几个易拉罐啊！那些欧式的花样细节原来是把易拉罐剪开又分别用不同的方法卷起来的。还有很多手工作品不听介绍根本看不出原材料，丰富多彩、美轮美奂让人爱不释手。看那些豆贴画，五谷杂粮演绎了那么多生动的画面，高粱、小米、黄豆、绿豆粘贴出来的作品如此美妙。这些作品不仅需要绘画能力，需要创意，更需要极大的耐心和细致。拥有这样的能力和品质才有可能成为优秀的幼儿教师。还有彩泥作品，一个个小得像手指，却栩栩如生童趣盎然：红楼梦人物十二金钗惟妙惟肖；白雪公主和七个小矮人带我们走进那个久远的童话；农家小院的淳朴与生活情趣令人向往……还有彩泥做的挂饰，更是美不胜收。它们就像计算机部做的书签一样，因为体积小数量多，同时又可以在展出结束后赠送，导致从展出伊始就不断刷新锐减纪录。我也按捺不住心中的喜爱，请一个同学帮忙做了个彩虹老爷爷的挂饰，还有一个同学送了我链子，于是这个彩虹老爷爷就在我的手机上陪伴着我，同时陪伴我的，还有这些孩子们阳光一样明媚的心。

机电部（包括道桥专业等）：那么多获奖证书已经向我们展示了他们的学习成果和实力。那些实用而又美观大气的房屋和桥梁设计让人难以置信这些作品出自十几岁的孩子之手。小解说员们用专业术语给我们简单讲解了这些机械和道桥设计的原理与优势,大方自信洋溢在他们年轻的脸庞。

服装部:"真好看,我想试穿这件衣服!"来到服装部展区的人们纷纷惊叹。"这些衣服都是我们同学自己设计、自己染布、自己裁剪、自己缝制的。"解说员告诉我们。运动休闲、晚礼服、裙装……这些衣服都是仅此一家独一无二的,不会撞衫不会雷同,穿着走在街上该多有自信呀!旁边的同学还正在用染料制作自己喜欢的布料颜色呢。爱美的老师们则在这些衣服中间流连忘返。

正在目不暇接之际,舞台上一场多姿多彩的文艺演出已经拉开了序幕。同学们自己主持,自己表演,一个个精彩的节目让人叹为观止。特别是财会专业的学生展示的点钞技能,那灵巧的手指所表现的熟练程度和速度不亚于工作多年的点钞员。还有模特表演,分成几个特色鲜明的主题,一组组美不胜收的画卷向我们徐徐展开,同学们穿着自己设计制作的服装,气质优雅,大方自信。参加文艺演出的同学们来自各个不同的专业,既有和专业技能相关的过人表现,又有纯属个人特长的表演。比如幼教部的同学们,载歌载舞,以一个个精彩的节目向人们展示了身为一个幼儿教师所必备的文艺功底。再比如多媒体专业的同学,不仅仅在电脑上驰骋才华,更以一曲《兄弟》征服了所有的观众。

从全县各个中学赶来的老师和同学们,见证了技能节的成功,也深刻地理解了"圆梦容职 绽放青春"的技能节主题绝不仅仅是一个口号,它更是一个个奋斗的身影,一个个闪光的理想,是青春无悔的美丽誓言,是梦想之花的璀璨盛开!

技能节结束了,同学们的美好人生才刚刚开始。所有的曲折都不能阻挡前行的脚步,所有的梦都不再是神话,这些孩子在他们各自的专业领域勤奋努力,巧手灵心必能谱就人生传奇。

雄安，他们值得历史的记忆

1994年，我首次离家，从河北省保定市容城县到了河北省保定市涿州——这样的距离，已经让当时的我备感遥远。那时候的河北涿州师范学校还处于辉煌期。一代中师生，在当年让人推崇艳羡如今让人唏嘘感叹的角色中，只有光阴记得，我们所有的纯真和努力。

虽然当时容城县的同学有二十多个，但是让我感到新奇又陌生的住宿生活过了一个月之后，国庆节放假，对于回家我就很茫然了。来的时候是哥哥送的，回的时候同学很热情，与我结伴，坐长途汽车，没有直达，在徐水倒车，这在同学的帮助下都好说。但是我初中就读的八于乡中学只考上我一个，我要下车的地点——南河照村路口没有能一起下车的同学。我从小到大除了去北河照村上五六年级，去八于乡中学（大张堡村）上初中，再除了去定兴和辛庄串亲戚，印象中就再没离开过南河照村了。没有电话没有手机没有导航，也没有像现在这样村口都有个标志写着哪个村。我要怎么找到我的南河照村呢？好在司机对龚庄路口熟悉，虽然没去过龚庄村，但我知道龚庄离我们村很近，所以，我就在恐慌与茫然中在龚庄村路口下车了。

很近是多近？我一个人，一个十几岁的小姑娘，提着沉重的行李，在大马路上（二十多年前感觉津保公路好宽广）踽踽独行，走啊走，怎么老也到不了南河照村？那个熟悉的小村落在哪里啊？我一边走一边脑海中翻来覆去念两句诗:"看竹何须问主,寻村遥认松萝。"第一次独自从"远方"回来,寻村的路我走得漫长而又艰辛。一度以为自己找不到家了。"看竹何须问主,寻村遥认松萝。"……"松萝"在哪儿?那片熟悉的庄稼地在哪儿?那些熟悉的老树在哪儿?还有那熟悉的简陋的房屋和熟悉的淳朴的父老乡亲们,你们都在哪里啊?怎么总也看不到,难道我走过头了?终于,空旷的大马路上出现一个亲切的人影,扛着锄头,是正下地归家的乡亲吧。我赶忙从脑子里将之前在学校说的涿州普通话转换成容城本地话,打听大河照村还有多远。(南河照,乡亲们称之为大河照,北河照称之为小河照。其实,小河照的面积比大河照大一倍还多。好多相邻的村都有这种现象,不知道为什么要这么叫)。他说:"前面就是啦!再走会儿就到了。"这下我才终于踏实了,一边走一边默念的句子也往下进行了:"张叟腊醅藏久,王家红药开多。相留一醉意如何?"家园乡情是会让人醉的。

等到终于找到南河照村路口,再走好长一段路到了村里,远远的,看到我的人都热情招呼:"这不是建英吗?建英回来啦!"这招呼,这乡音,瞬间让我"长途跋涉"的劳累化为乌有,又让我的眼前浮起一层雾气,等看到了家门,首次离家的思念、终于要见到家人的激动,都化作汹涌而下的泪水了。

从很小的时候起,就喜欢默念一些与自己所遇情境相似的诗词,或是以诗词激励自己。在涿州师范学校上了三年学,每次到校也很亲切,涿州的华阳公园曾留下我们多少青春的足迹,于是,想家的时候就默念"此心安处是吾乡"。

而每次再回家,也知道不能到龚庄就下车了,要再过一段,"寻村遥认松萝",要等遥遥望见那片熟悉的庄稼地,那条村前的小路,再告诉司机停车。

如今,二十多年过去了,我们已经再也不用坐长途汽车,出门就是自驾或高铁，而幼时那些熟悉的小村庄也将日渐停留在光阴深处——2017年雄安新区设立，容城县的村庄就面临征迁了。2019年9月底，征迁正式开启。一批一批的村庄，都将因为新的规划换为新的面貌，游子归家，再也不能"寻村遥认松萝"，而是故园起宏图，"当惊世界殊"。我只是在村里出生、长大，村庄里的生活总共只有二十多年，且大多时间在求学和工作，即使如此，对即将消失的村庄仍满满的都是留恋，而我的父老乡亲们，一直没有离开过自己的村子，那又该是多么不舍？

对喜欢诗词的我来说，很惭愧的是，直到2018年，受雄安新区重视文化传承的触动，我才开始真正关注容城三贤：元初理学家、诗人刘因，明朝忠臣杨继盛，明末清初大儒孙奇逢。然后我惊讶地发现，自己上小学五六年级的北河照村，是杨继盛故里，我的同学就有杨氏后人。而我生长的南河照村与北河照村是最近的邻居，四百多年前，椒山先生（杨继盛，号椒山）常到我们村，村里有他的老师和朋友。而我二十多年前默念了很多遍的词，是静修先生（刘因，号静修）写的。

西江月·饮山亭留饮

元·刘因

看竹何须问主，寻村遥认松萝。小车到处是行窝。门外云山属我。张叟腊醅藏久，王家红药开多。相留一醉意如何？老子掀髯曰可。

这首词写得清新脱俗，旷达超脱，但又那么亲切自然，一幅真挚醇厚、其乐融融的画面生动地展现在眼前。刘因的文学成就称冠元初，这道清新的小词只是他偶一为之，他更多的作品是伤时忧国富含哲理的诗词。

关于北城村的大儒孙奇逢，是我在工作家务之余用有限的时间精力重点关注的，这位"始于豪杰，终以圣贤"的一代硕儒让我越来越仰慕。真正走进容城三贤，都是学之不尽的宝藏。"无文化传承，无雄安未来。"历史记住了容城的先贤，他们是雄安的骄傲。而普通的人民群众是历史的创造者和奉献者，更是不应忘记。

还记得龚庄村整体拆除的时候，我常路过买东西的那家超市，一夜之间已是人去屋空，面对断瓦颓垣，我心中难过失落了好久，而那些将家建得那么好却要一下子都搬走的乡亲们呢？其付出可以想见。多少故园风景，从此远隔云烟。多少天涯未归客，已无篱落看秋风。我的父老乡亲们，让人心疼又让人爱敬。唯愿盛世雄安，也能记住曾经的故园，记住故园的乡亲们，曾怎样不计得失，怎样洒泪挥别自己的村庄、院落，与村口的树、园里的果蔬一一话别。他们值得拥有更好的生活，值得历史铭记。

"我以后再吃"

在学校工作的时候，为了能够有更好的生源，常常要去学生家里招生。记得有一年，学校分配给我的任务是两个比较偏远的村子，共有12份录取通知书。当我几经周折找到那个村里小学第一名的学生家里，我惊呆了。怎么眼前的景象如此熟悉、如此亲切？那是一圈土院墙围起来的几间低矮的瓦房，一扇厚重的木门，油漆都已经斑驳脱落。门口有一棵大槐树，树下落叶缤纷。院里的人也是那样黑黑瘦瘦，额上是刀刻一般的皱纹……这些景象怎么如此熟悉、如此亲切？

我想起来了。这不正是我的童年吗？所不同的只是这家院子里堆满了废品，我小时候院子里堆的是做笤帚用的高粱秆，生活的艰辛与磨难其实还是一样的。我把通知书递给黑黑瘦瘦的父亲，他叫出了儿子，那是一个黑黑瘦瘦的少年，接过通知书，他沉默不语。父亲问："要交多少钱？"儿子还是沉默不语。于是做父亲的望向我。我忽然觉得嗓子哽住了，说不出话来。2500元。我想起了我的童年。我现在就置身在我的童年。我知道这个数字意味着什么。这个不大的数字，现在却分明成了一个天文数字！

后来，我把这个情况向校长做了反映，恳请校长能够适当照顾一些。校长的答复是考虑情况属实，减免500元。那么即便是2000元，天知道对于那位在一堆废品中忙碌得直不起腰的父亲来说，依然是天文数字啊！——可是校长也有他的苦衷：如果学生都要求减免，学校就得关闭了。

现在我还不知道那个学生最后是否报到了。我没有勇气打听。然后我听说了这样一个故事：

有一个女孩家境贫寒，在城里读高中。她每个学期只回家一次，因为舍不得那12元的路费。读高三的时候，有记者来采访，问她看到别的同学吃好的，想吃吗？她说想，但现在更多的想的是学习。记者又问她高三了，应该补充些营养，看到别的同学都吃鸡蛋喝牛奶，你心里有什么感受？她说他们现在吃，我要好好学习，考一个好学校，凭自己的能力找个好工作，我以后再吃！

"我以后再吃！"

这句话怎么也如此熟悉、如此亲切？我感谢我的童年，那是我一生中的财富，那段经历让我懂得，怎样做一个勤劳善良而又自强不屈的人。而现在我忽然希望，如果我很有钱，就好了！我会给那个女孩买很多的鸡蛋牛奶，让她每个周末都能回家；我再把那个黑黑瘦瘦的少年以后的学习费用全部包下来，不止是那2000元，如果我很有钱……可我实在不是很有钱，家里上有老下有小，工资早都有了去处。以前有一个我教的学生，家境贫寒，我所能做到的也只不过是把她的午饭（学生离家远，中午不回家）包下来了，跟着我吃一些家常便饭。所以如果我很有钱，就好了！

"我以后再吃。"

小时候，我说过同样的话。

而我希望，所有的孩子都能不再说这句话。

同时我也深信，能说这句话的孩子，定然有一个美好的人生。

红尘之上,历数繁星

做饭时从厨房窗口总能遇见一树耀目的繁花,娇俏明媚,热烈地与阳光对话,每朵花上都跳跃着光点,闪烁之间就这样亮了心情。

安静平和的小日子,没有大波动也没有大烦恼,可以跟花说说话,跟风聊聊天,跟阳光碰个杯——多么好。

我从来没有长大,但我从来没有停止过成长。

热爱正义,热爱善良,总是把事情想得黑白分明,总是把每个人都想得单纯正直,把每个人都想得很好很好,总是希望自己善意的付出能够有温情的回应……偶尔被始料不及的复杂的人性伤到,我知道眼泪解决不了任何问题,泪眼迷蒙中,我不忍辜负那么美的花和那么可爱的月亮。

小时候看到过两句话,一直作为自己的追求:外美如花,内秀如竹。如今人已中年,身陷尘世琐碎之中,皱纹和白发以光速提升,不敢再说如花美貌,唯有心境,始终于红尘之上,晶莹清澈,历数繁星。

让心成为一个放大镜吧,照到的都是美好,不好的都放在镜外。

"陌生的姑娘,我爱你。"当一个熨烫车间的工人在枯燥机械的工作面前,心却盈满了诗意,这世界,在她的善良和温情里,柔和起来,美丽起来。车间工人邬霞的诗歌《吊带裙》咏唱了她对即将穿上这件吊带裙的陌生姑娘的关爱和祝福，很难想象，闷热枯燥的车间能够生长出这样深情灵动的诗歌。"我要先把吊带熨平／挂在你肩上不会勒疼你／然后从腰身开始熨起／多么可爱的腰身／可以安放一只白净的手／林荫道上／轻抚一种安静的爱情……"生在低处，爱在高处。在这个意义上，作为高洁与美好的象征，诗永不消亡。尝尽心酸，因为有了诗，心却从未结茧。

人的一生就是花的一生。有人尽心绽放，布施美丽与清香；有人半开半合，在智慧的黎明时分，似梦似醒；有人浑然未觉，尚未开启内在的绝世之美——你如花的人生开启了吗？

人生是一条条尽情挥洒的线，如果可以，我们要让它的弧度，很柔很美。

农家学霸

知道想当年"70后"的学霸是怎样炼成的吗?不是塞着耳机听着音乐写作业,更不是在明亮的灯光下温暖的教室里老师和同学陪着上晚自习……那时候要有这条件就太高大上了。点煤油灯、点蜡烛学习的情景都弱弱的,看看我的画风:下地干活儿时怀里揣着书、搓玉米棒子、剥花生时筐篓边放本书、做饭时水缸盖上放本书……这些才最强悍!田间地头歇息时背一会儿;看一段再接着搓玉米棒子、剥花生;一边烧火做饭一边飞快看几眼书将书往水缸盖上一扣,默背中饭熟了,有时候也糊了……

记得哥哥更霸气,砌墙头时口袋里装本书!看几眼垒几块砖……各位可能要担心了,这要分神摔下来咋办。没事儿,我哥哥会轻功,经常从墙头上一跃而下,身轻如燕。有了孩子后还是那么任性,一次他在房顶上干活儿,听到屋里我小侄女儿被开水烫了,一着急就从房顶上蹦下来了,偏偏院子里还铺了点地板砖,落地梆梆硬(此举危险,切勿模仿)。多年后他的膝盖还是不适了,可怜天下父母心啊。

棉桃绽开的时候,田里就铺满了白云一样蓬松柔软的花朵,一眼望不到边的棉花地,是无边无际洁白的美丽。周末和假期我都置身在棉花的海洋,可作业怎么办呢?要准备的考试怎么办呢?美景替不了学业。我在腰上系上包袱,包袱里装上书,先看几眼书,默背一段,将书放进包袱里,开始飞快地摘棉花,很快包袱里棉花满了，书被埋进棉花松软的怀里，之前看的那一段已经背得滚瓜烂熟。将包袱里的棉花倒在麻袋里，书可不能倒进去，继续摘，继续背。一直到夜幕的手将所有的美景和劳作都拢进黑暗的怀里，我们满载而归。回家后才能写作业。而书里需要背诵的内容，在这样占满了每个周末的摘棉花的劳作里，已经熟到每个字在书页的什么位置都一清二楚。考试的时候宛如课本就在眼前，那些考查背诵的题都是满分，以背诵为主的历史、地理等科目也都是满分。这学习成绩，在家里劳力多不用去地里干活儿的同学看来，实在太霸气！

金秋时节，玉米（方言叫棒子）收获之后，要把玉米皮剥掉，将玉米棒子晒干。然后再把玉米粒搓出来，装进麻袋。这可是个漫长的特别费手的活儿。晚上和周末，要围着大笸箩搓棒子，笸箩旁边放本书，手总是肿胀疼痛的。田家冬日，亦少闲暇，常常要围着大笸箩剥花生。同样也别忘了在笸箩边放本书，看几眼剥一会儿，剥一会儿再看几眼……如果想要满墙奖状的话。搓棒子磨疼了的手刚好点，剥花生又要累手指头了，尤其是需要用力的拇指和食指，剥得多了粗糙不平，疼到无法用力，剥不动了，就歇歇，过几天好点了再剥。没办法，花生剥了壳卖比带壳卖当然要贵多啦，除了留出种子，自家吃点，一大麻袋又一大麻袋的花生都要剥完了，生活费、学费才有着落。农家的小女孩，很难有一双细嫩的手。

如今，搓玉米棒子、剥花生自是早已不再用手，各种机器替代了人的辛苦劳作，纯手工反而成了一种高档的讲究的方式——在网上搜索找图片，难见小时候那样热闹的相似场景，却处处可见纯手工、原生态的广告。

忽然有一种想法，如果带现在的孩子们体验一些三十年前纯手工的劳作，会不会是一件很有意义的事情？离开电脑，放下手机，围着大笸箩坐在一起，一边慢慢地剥花生，一边听妈妈给讲讲老一辈的事儿，讲讲农家学霸是怎样炼成的，让彼此的呼吸和笑语暖了空气，暖了时光，暖了岁月中那份叫作天伦的亲情……

ABC 的故事

从前，在一个小城，有 A、B、C 三个人。

A 是一个看似不怎么漂亮的姑娘，因为她初来乍到，不明所以，却又非常自以为是，甚至很骄傲，给人的感觉很不好，很不受欢迎。

B 是一个血气方刚的小伙子，看到 A 这样，心里很别扭，心说你对我不友好，我还有脾气呢！你对我不仁别怪我对你不义。于是与 A 处处针锋相对。

C 是一个极易受影响的人。看到 A 和 B 这样，C 就大发雷霆，于是天天战火纷飞，三个本来初次认识的人就这样成了冤家路窄，各生烦恼。

这故事很正常的，很常见。别急着走，A、B、C 还有另一个版本的故事呢！

A 是一个看似不怎么漂亮的姑娘，因为她初来乍到，不明所以，却又非常自以为是，甚至很骄傲，给人的感觉很不好，很不受欢迎。

B 是一个血气方刚的小伙子，看到 A 这样，心里猜测，这姑娘是不是心情不好啊，难道之前经历不开心的事儿了？这么一想，咱不能雪上加霜，对姑娘担待点吧。

C 是一个极易受影响的人。看到 A 和 B 这样，C 就很平静、很安宁，三个初次认识的人就这样和睦相处，各生平安。

这个版本咋样？是不是比较好点了？别急，还有一个故事版本呢！

A 是一个看似不怎么漂亮的姑娘，因为她初来乍到，不明所以，却又非常自以为是，甚至很骄傲，给人的感觉很不好，很不受欢迎。

B是一个血气方刚的小伙子，看到A这样，心里猜测，这姑娘是不是身体不舒服啊，生病了？所以脸色这么不好，一个人在外打拼不容易，我还是多帮帮她吧！

C是一个极易受影响的人。看到A和B这样，C就觉得很暖心很有安全感，三个初次认识的人就这样抱团相助，互生欢喜。

三个版本的故事。A还是那个A，只是因为B不一样了，C就完全不同了。

可见这是一个有内在逻辑的过程，A⇒B⇒C。这个过程每天都发生在我们身上。A是外在的人物、事件、环境，是既定事实。B是我们自己，角度、心态、修养、学识、人品、境界，等等。C是随之而来的结果。而C又是下一轮发展过程中的既定事实A，接下来还是你自己要怎么做的B，最后再导致一个新的结果C。

比如堵车是A。版本一：选择B的角色，埋怨、咒骂，影响了一天的工作和心情，说不定还会带出什么更糟的事儿C呢！长此以往，健康快乐都谈不上了。版本二：堵车A是既定事实，改变不了，选择B的另一角色，平静看待，不影响工作和心情，可能就比较客观地过一天C，不会更糟糕。版本三：堵车是A，改变不了，这多好的时间浪费了太可惜！选择B的角色，看书提升自我，或是手机微信、邮箱、便签，等等工具全用上，先把今天的工作解决一部分，接下来的一天C就更顺利啦！若天天是这样的选择，按照吸引力法则，好事儿总会多一些。

把堵车换成别的讨厌的人或事，道理是一样的。就不一一举例了。

以前，遇到不公正的事情，我都是第一个版本的B，拍案而起横眉怒目，还美其名曰我这是伸张正义，路见不平就拔刀。殊不知很多时候这刀是双刃的，既伤人更伤己。现在我慢慢学习用第二个版本甚至第三个版本，因为我们来这世界，无论经历怎样的坎坷磨难，终极目标不就是各生欢喜吗？容城先贤、一代硕儒孙奇逢有诗《偶会》："世路崎岖心自亨，华山顶上有人行。眼前须是留余地，莫漫拔刀助不平。"

　　近来忙坏了，不由得想念远去的"从前忙"（经历了雄安新区的设立，从前的忙都不是忙；经历了最近的创城与征迁工作扎堆儿，刚设立那会儿的忙真不算忙）。太忙太紧张，就控制不住着急上火发脾气。前段时间，还能有空看书的时候，有个朋友借给我一本《遇见未知的自己》，看完记住了一个A、B、C的故事，按照我的理解，给朋友们讲了这个不是故事的故事。有句话说，"长大这么辛苦，如果不趁机成为自己生活的主人，实在太划不来了。"尤其做自己精神上的主人，是最难的，我一直在学习，一直在进步与退步中反复。愿我们面对同样的A，都能通过不同的B，得到平安祥和、幸福快乐的C。

第五辑
史海有贝

  时光的长河中,先人的智慧是闪光的珠贝,一颗颗藏在发黄的古书中。要很用心的相遇,才能拾取,串起,镶嵌在风雨沧桑的路上,岁月灰暗处,人生亦将温馨明亮,肌骨莹润。

博云种月，霜雪舍春

清顺治三年（1646年）春，清初大规模的圈地运动波及容城，清廷贵族马蹄所到之处，田园屋舍尽皆为之圈占。当时，孙奇逢（明清之际先贤硕儒，河北雄安新区"容城三贤"之一，容城县北城村人）已是63岁老翁，亦难逃这一厄运。他当然不知道自己将来能活到92岁，从前生活条件不如现在好，高寿很难的，因此古人常常说"人生七十古来稀"。当时很多人都受不了这个打击，如果孙奇逢也忧思成疾，一病不起，我们就看不到他后面30年的精彩人生和丰硕成就了。那么，他是怎么做的呢？

书都不是白读的，学问也不是白钻研的。书中自有人生指南。面对如此大沟大坎，孙先生于愤慨之余，终至呵呵一笑："尝云：古人有言，富不如贫，贵不如贱。此言人信不及，以余观之，少不为贫贱所困，老不为贫贱所弃，今而后但求不负此贫贱耳。"大意说古人认为富贵反而不如贫贱，大家都不信。依我看，小的时候不被贫贱困住，老了不因贫贱自我放弃，才能有所成。从今以后我只求不辜负这贫贱带给我的磨砺和成就一番事业的机遇。于是，孙奇逢向着未知的艰难困苦和已知的坚定信念，出发了。

这年三月，先生移居新安（今河北雄安新区安新县安新镇），先借住在士绅薛所蕴家，他给自己住的小屋起了个名字"云宿舍"。这可不是学生宿舍的"宿舍"，云宿，像云一样暂时先停下来而已。无家无地，衣食无着，停下来又能干什么呢？发愁？发愁可不是孙奇逢的风格。他忙得没空发愁，讲学授徒，勤于著述，他的坚定信念更是激发出了累累硕果。顺治四年（1647年），孙奇逢订正《孙文正公年谱》（孙承宗，谥文正，河北高阳人，明代著名军事家、学者），同时再次开始他的鸿篇巨制《理学宗传》的著述工作，顺治五年（1648年）春，协助当地乡绅修订《新安县志》。这年秋天，"云宿舍"被雨淋坏了（可见本就是一个破旧的小茅屋，起了这么一个浪漫的名字，先生能在此屋潜心学问，信念可谓坚定），弟子们帮他又建了个小屋，又起了个好听的名字叫"双柳居"，其实不过是小屋旁有两棵柳树。先生真是到处都能"诗意地栖居"呀。如果能这样多住几年也好，可惜，到了顺治六年（1649年），春末夏初，他被迫又返回容城县北城村老家。可北城村老家更没地住，田园房屋都被圈占了，怎么办呢？在安葬了去世的二哥孙奇遇之后，捱到十一月初十，只好登程南徙，往南边走吧。

为什么要往南走呢？在孙奇逢看来，南方还是一个充满希望的地方，因为明朝遗民大多在南方密谋反清复明，如果自己也能为此出一份力，那真是想想都令人兴奋。所以，他在走到汤阴城下时，情不自禁高歌心曲："直抵黄龙约已成，令人千载仰精英！"岳飞那句："直抵黄龙府，与诸君痛饮耳"振聋发聩，言犹在耳，孙奇逢这诗句，不仅豪迈，而且胆大。在清朝统治者面前，敢说像岳飞一样伸张民族正义，孙奇逢的铁骨铮铮恰似明朝忠臣杨继盛（"容城三贤"之一）。

但理想很丰满，现实很骨感。路上，他在诗中写道："燕南有遗老，岁寒挺孤芳。亭亭松柏心，健气欲凌霜。"他不怕风霜雨雪，但在交通极度不方便的古代，想从北方到南方，谈何容易。尤其是孙奇逢出发时已经66岁了，还带着宗族乡党四十余口，衣食无着。顺治七年（1650年）四月二十八日，走了半年，才走到辉县苏门山。为了糊口，琴、书、首饰之类都典当完了。到六月二十七日，他写下《绝薪》诗，正式宣布没有饭吃了。七月，移居共城，好不容易找到个住的地方，起了个名字叫"留云舍"，在柱子上写了副对联："半亩亭台唯种月，一家生计只依云。"他身患胃病，本来一直要吃药的，可是现在饭都没的吃，上哪儿吃药去。于是，快 70 岁的人，不但忍饥挨饿，而且"忍病停药"，而且顺治八年（1651 年）四月十九日，妻子杨氏久病不愈去世，竟然没有可葬之地，只得求助于好友。人到这样的困境了，是不是该发愁该悲观……该不想活着啦？但孙奇逢却说："出门已博云千顷，行李仍留月一囊"。我还有云呢，我还有月呢，而且我还有诗书呢，我还有坚定的信念，我还有志同道合的亲友和弟子们，困难都是暂时的，贫贱是磨砺人的最好方式！"粮绝方知蔬食美"，即便挖野菜充饥，孙奇逢仍不改坚韧乐观本色。

人生就像四季轮回，有严寒凛冽的冬天，就有春意蕴含在其中，人在艰危之中最考验意志，挺过去，就是春天，就是人生的收获。"天于霜雪含春意，人自艰危见道心"。果然，冬天终于过去了。顺治九年（1652 年）春，卫河使马光裕离职还乡，将夏峰村自己的宅院和田地无偿赠送给孙奇逢，孙奇逢终于拨云见日，苦尽甘来。送田地百亩，一文钱不要，这朋友，太给力了！孙奇逢慨叹说："友朋之谊，真足千古！"

此后二十余年，孙奇逢在夏峰村教授生徒，讲学著述，终成一代大儒，于道光八年（1828 年）从祀孔庙。黄宗羲评"北方之学者，大概出于其门"，"夏峰学派"更是影响深远。

真正高明的卦是这样算的

公元1499年,28岁的王阳明在大明京城考中了进士。同一年,20岁的朱宸濠在江西省继承了宁王爵位。这两个人谁也不会想到,整整20年后,公元1519年,两人会有一场精彩纷呈的巅峰对决。

事情还要从公元1517年说起。这是明朝正德十二年,正月,王阳明千里迢迢奔赴江西赣州剿匪,因当地匪患严重摧残百姓生活,严重威胁政府统治。路上,王阳明回绍兴省亲。省亲期间,他拜访了一位特殊的人物——当地名贤王思舆。两个人一番秘密交流之后,王阳明走了,王思舆掐指一算,信心满满地对人说:"王阳明这次要做的事必定成功。"人家问他:"你怎么知道的?"会算命的王思舆说了一句话,却让人感觉不太信服,成功有这么容易吗?

公元1518年农历三月初八,仅仅一年零三个月之后,让江西、广东、湖南、福建四省几十年来不断奔波劳碌、伤亡惨重却又徒劳无功的南赣匪患,就被王阳明彻底平定了。

公元1519年农历六月十五日,在多年的隐忍、谋划、壮大后,宁王朱宸濠声势浩大地起兵造反。公元1519年农历七月二十七日,仅仅43天之后,王阳明就三下五除二将他生擒了。43天是个什么概念?放到现在,可能觉得时间也不短,高铁飞机那都是很方便的,够打好多次仗了。可是在几百年前的明朝,明武宗朱厚照知道了宁王造反,被手下人怂恿要御驾亲征,还没走多远宁王已经被俘了。皇帝一郁闷一生气，就让王阳明把朱宸濠放了，他要再捉一回。可见王阳明平叛有多么神速。那是不是宁王太草包了呢？太好打了呢？

彼时宁王已经准备了很多年，他像朱家先祖一样，雄心壮志、聪明智慧都是不缺的，而且还有谋士，有大队人马。宁王一反，地方官吓坏了的也不少。王阳明吓不坏，他是专门来吓别人的。他才不跟宁王硬拼，他派人伪造了宁王手下人通敌的书信，掉落在宁王能看到的地方。有人不以为然："这能管用吗？"王阳明说："你先说宁王会不会怀疑？""肯定会。""他一起疑心，事儿就成啦！"当然，王阳明的策略不止这一招。但攻心始终是他最厉害的招数。

回过头来我们再看王思舆当时的回答："吾触之不动矣"。我怎么都不能触动他，所以我觉得他要做的事一定能成功。名、利、生死都不能使其动心，在其位谋其政，有坚定的信念和为国为民的良知，而不是把事功作为自己的目标，这样以不变应万变，是建功立业的基石。事实证明，他的卦算对了。

后来王阳明讲学时对弟子说："当初和宁王决战时我军处于劣势，很多人都不知所措。我下达命令火攻，结果连说了4次，身边的人才回过神来。可见面对重大险情，慌乱失措是人之常情，要能做到无论什么情况都惊动不了内心，才能成功。"那是不是只要不动心就行了，别的就用不着了呢？作为王阳明的好朋友，王思舆对他非常了解：王阳明从小好学，熟读兵书，演练排兵布阵，长大后到边塞实地考察，精研学问，儒、释、道无所不通。连考两次进士失败，别人落第都痛哭，他却说："人都以下第为耻，我以下第动心为耻。"意思是说，人人都以下第为羞耻，我却觉得让下第这事儿撼动了自己的内心，让自己痛不欲生，那才是羞耻呢。有了这些素质和能力，再加上"触之不动"，王阳明又怎么会不成功？这才是真正高明的卦。

肃然相拜与君盟

"这两个朋友,生性喜水,老不让他们下水,如今都要枯槁了,可怜,可怜。"天气炎热,一个清瘦的老翁在自己寓所南墙下面的湖边纳凉,顾不得摇扇子,他一边说,一边将东西方向对峙而立的两块石头抱进湖里。这湖,水位已下降了,被很多残枝败蔓遮掩,渐失本来面目,怪不得两块小石都找不到家了。对,你没看错,老翁的两个朋友,是两块石头。他在这儿的石头朋友,一共有4块。

这老翁已近7旬,面容清瘦,慈眉善目。他来自京畿地区,远离家乡,一路向南走了千里之遥,如今借住在一个叫薛所蕴的朋友家里。这一路缺吃少穿,没钱用就典当随身物品,病了也只能忍病停药。但刚有个住的地方,他就忙开了。先是朋友们听说他来了,纷纷前来拜访,他与朋友们登高揽胜,吟诗题咏;听说了节烈之事,赶紧收入自己编著的《取节录》一书。这还不算,在与四块石头交友之前,他已经写了《题松竹梅三友》诗。可惜,当时只有松竹,没有梅。怅惘之余,他只好自我开解:"唉,这就像人一样啊!我的朋友们,有清挺如松者,有清韵如竹者,有清幽如梅者。有人远离几千里,有人远在千里之外,还有人在数百里间。即使近在百里之内,各有各的事忙,哪能一天都到全了,我一想念他们就都能到呢?"这么一想,心里释然了。结果忍不住又写了一首怀人诗:"松竹乏梅并,良朋聚晤难。停云各伫望,离绪减清欢。"

贫困到都没饭吃了,老翁还是每天忙活着写啊写,他说贫困是上天送的一份礼物,"玉汝于成意甚良"。你没见周文王被拘才演了《周易》嘛,孔子处于困厄之中才作成《春秋》,这点苦怕啥。他在诗中写道:"乾坤珍重经纶手,好把艰危仔细尝。"但是慢慢发现纸不够用啊,心有余而钱不足。那也不怕,山上多的是树,一起来的两个朋友就给他摘来叶子,"空山纸乏,取叶录之",以叶当简,照写不误。顺便得诗一首记此情此景:"纸贵空山似洛阳,特令竹叶入文房。天心似厌无知辈,未许竟多乱旧章。"

就这样,老翁每天忙得不可开交的。有一天,忽然看到了南墙下,湖水边,被枯藤败蔓遮住了的4块石头。这些石头,如一只只小兽抱着孩子一样,玲珑可爱。只可惜离楼太近了,树木繁杂,难以发现。还有两块爱水的石头,已快枯槁了,老翁赶紧将它们抱到水边放好。这就是我们在本文开头看到的一幕了。从此,不管多忙,老人每天都跟4个朋友一起聊会儿,他抚摸着它们,和它们说着心里话。石头们也好像都听懂了他的话,纷纷表示认同。他说:"石兄,你们有贤主人,有什么话我会代你们转达的。从此咱就是好朋友了。"于是"相与盟",并题诗《四石盟》以记。

阅世莫如此石深,坚贞之性不受侵。
四时常带太古色,代谢兴废浩莫测。
虽然古蔓络其身,太湖本质岂失真。
堪喜小石如虎踞,玲珑那论置非处。
双剑嶙峋峙西东,不因渴水乱其中。
石不能言若有意,谓我待君结同志。
予亦终身爱岩壑,两情相对欣有托。
肃然再拜与君盟,主人千里一驰声。
主人浑朴倍于尔,为尔解缚而吸水。

这下明白了老翁为什么跟4块石头交朋友了。石兄阅世最深，却始终保持坚贞之性，不论四季变幻还是代谢兴废，都是远古朴拙之色。即使枯蔓缠身，也不失其本质。老翁自己也是像这些石头一样，"终身爱岩壑"，坚贞不可移。所以见石如见知己，"相对欣有托"。因而老人肃然相拜，与石结盟，而石头兄想来自是欣然接受了老人的友情。颠沛流离，减餐停药，竹叶当简，又如何呢？如此良朋佳友，快哉快哉！

这位老翁，名孙奇逢，字启泰，号钟元，生于明万历十二年，直隶保定府容城人（今河北雄安新区容城县）。石头与孙先生结盟之际，是清顺治七年，他们的朋友孙奇逢已67岁，因容城田园被清朝贵族圈占，一路南迁，此时正在苏门，借住朋友薛所蕴家里。接下来，他将有二十多年在河南辉县夏峰村的著述讲学生涯，世称"夏峰先生"，著作等身，弟子遍天下，终成一代圣贤硕儒。在夏峰村兼山堂，他移石一块，并为之作诗："东篱有菊南园松，秋色还惊长道容。此际新添一石友，空阶独立似高峰。"新添一石友，不忘旧石友。乔岳仰夏峰，友德亦高峰。

想必石头经无数历史风云，阅几番人世沧桑，在与孙奇逢的朝夕相处中，早就知道，这个人定会不凡。

"取快于境"与"烛照万物"

今日春雨又很奢侈，气温也跟着很"动人"。想起上周末，看天气预报天气也没啥大变化，计划好了出游，周五晚上用了一个小时，收拾了一大包行李，然后定上闹钟。谁知，周六凌晨四点，还未被闹钟吵醒，就先被雨声吵醒了。哗啦啦的，一点不是贵如油的下法。计划生生被扼杀。这个时候，没啥可说的，钻进被窝，睡个回笼觉。睡好了，天亮了，做饭，在家看书，忙家务。出游？等天气好呗！

可是这样在家宅着的静美时光，耳朵可不清静。孩儿他爸一个劲儿说："这阴着个天，冷津津的，心情不好，哪儿都不舒服。要是风和日丽，一看那么明亮的天，心情就好，就想出去玩。"

所谓"一个劲儿说"，就是说了不止一遍两遍。我忍不住给他讲课，将新学到的词儿现趸现卖："人家孙奇逢说了，你这是典型的取快于境。将自己的快乐建立在环境上面，环境成了你的主人。你要让自己内心强大，提升自己的境界，不要让自己被天气等外在因素影响，要让自己成为环境的主人。"他说："切，我可做不了天气的主。我还做得了天气的主？我更厉害了。"好吧，那还是让天气做你的主吧。

孙奇逢，明末清初著名学者、思想家、教育家，被尊为"北方孔子""北学宗师"。在一次与朋友赏花的时候，孙奇逢听到朋友说，赏花需在花蕾初放时,需在阳光明媚时,才可。孙奇逢评价说,此为"取快于境"。

其实,花蕾美,初绽美,盛放美,绿叶成荫子满枝,亦美。暖阳美,清风美,细雨美,雪处疑花满,花边似雪回,亦美。即使是乌云满天,但心中明亮,亦可给乌云镶上一道金边,仍然很美。

想当年孙奇逢身处明清易代之际,国事堪忧,战乱频仍,他不抱怨不沮丧,进则率乡邻守御容城,退则携亲友避难五公山,击退清军,文治武功,义声卓著。到了清初,田园被圈占,他也不气馁不消沉,留长子立雅守祖墓,率家人族众南迁夏峰村,在北方学者零落殆尽之时,独肩道统,著述讲学,终成一代大儒。其平生遭遇可谓坎坷,身边环境可谓恶劣,但其思想光辉历几百年而愈明,福泽后世,烛照万物。

我们普通人,距离圣贤之境自是差得远,但用圣贤智慧指导自己更好地工作与生活,于身心大有益处,何乐而不为?

借用儿子的作文《成长》的最后一句结尾:

身后的光阴已然变天,前方的人家升起炊烟。

不一样的"三字经",与心随行

说起"三字经",我们脑海中马上浮起的句子一定是:"人之初,性本善。性相近,习相远。苟不教,性乃迁。教之道,贵以专。……"宋朝王应麟的《三字经》朗朗上口,谁都能背出几句。可你知道还有另一篇不一样的"三字经"吗?

它是明朝心学大师王阳明的家训。

幼儿曹,听教诲:勤读书,要孝悌;学谦恭,循礼仪;节饮食,戒游戏;毋说谎,毋贪利;毋任情,毋斗气;毋责人,但自治。能下人,是有志;能容人,是大器。凡做人,在心地;心地好,是良士;心地恶,是凶类。譬树果,心是蒂;蒂若坏,果必坠。吾教汝,全在是。汝谛听,勿轻弃。

相较 1000 多字的《三字经》,王阳明这篇家训(又称《示宪儿》三字诗)仅 96 字,篇幅短小,明白晓畅,易于诵读。这篇家训字字珠玑,浓缩了一代心学大师为人处世的大智慧,以及对后辈的殷殷期冀。

既是《示宪儿》,那王阳明当然是给一个叫"宪儿"的孩子写的了。宪儿是谁?缘何称此文为家训呢?明正德十年(1515 年),44 岁的王阳明还没有儿子,他的父亲王华作主,选择了其三弟王兖的儿子王守信的第五子王正宪来过继给王阳明,这一年,王正宪 8 岁。8 岁的男孩已很难管教,王阳明发现这个宪儿远远不是自己理想中的孩子,心里很沮丧。可是,人家已经做了你的儿子,又不能退回去。他的弟子提醒说,老师您不是教我们知行合一,学问要在事上磨炼吗？如今正是施展您的心学魅力的大好时机啊！王阳明蓦然警醒，是啊，整天教弟子们知行合一，遇到事才能长进，现在正是考验我的时候了！（可见教学相长，弟子亦是朋友）于是从此用心教导王正宪，并逐步收到了功效，宪儿越来越向好的方向成长。

写这篇《示宪儿》的时候，王正宪11岁，正是青春年少，人生中的大好时光，学习的黄金阶段。王阳明却无法尽到一个父亲的陪伴义务，自从王正宪8岁那年给他当了儿子，第二年他就开始被派往南赣地区剿匪，与家人难得相聚。第四年，王阳明的叔父来赣州看望他，叔父回家之际，王阳明写了这样一纸家训托叔父带回家。

这篇三字诗主要从以下几方面着手教育孩子：读书习礼；自律容人；心地品德。在王阳明看来，读书的最大作用不是考科举，是从读书中学习孝悌、谦恭、礼仪等比考试更重要的内容。而一个人最难做到的则是自律，儒家讲"慎独"，就是独处时（且没有隔墙耳，没有监控）能够达到很高的道德水准，就像在众人面前一样，那才是真正的君子。"节饮食，戒游戏；毋说谎，毋贪利；毋任情，毋斗气，毋责人，但自治。能下人，是有志；能容人，是大器。"从饮食上入手管好自己，从贪玩处下功夫管住自己，进而不说谎，不贪利，不任情，不斗气，责怪别人之前先问问自己做得好不好？能甘居人下，藏着的是大志气；有容人之量，才是大器之人。韩信能忍胯下之辱，蔺相如能包容廉颇，是这两方面典型的代表。而做人最重要、最根本的一条，则在心地品德。人就像树上的果实，心是蒂，蒂坏了，果实就掉了，做人就失败了。养护好这个"蒂"，言行不违良知，凡事皆致良知，果实才甜美。

短短96字，却是圣贤大智慧；名为"示宪儿"，其实适用于每一个孩子，甚至每一个成人。真正做到了这样的"三字经"，无论多么喧嚣动荡的尘世，内心都能拥有难得的安宁。

严冬隐春芽

有多少中年人，夜半难眠的时候，掐指一算，枕畔都有一个皱巴巴的词：劫后余生。然后万般无奈地挥手：别了，无忧的少年时光。别了，美丽的青春年华。别了，甜蜜的新婚燕尔。别了，芬芳的抱娃体验……如今，皱纹纵横，白发丛生，老人蹒跚，孩子叛逆，再有顽疾来扰，那真是时光都跟着皱起来，抻不平。

晚上临睡前，喜欢涂鸦，刚写了这么几句，微信上一个新认识的文友跟我说话，谈了一些写文章的话题，然后谈到身体好才能坚持写作。我说我常常需要多休息，因为身体弱。她说她一只眼睛失明，另一只半明。吓得我困意全消，急问原因。答曰脑梗。病魔无情矣。

可是文友若不说，从她言谈话语间真的无法想象她经历过这么大的磨难。她总是认真过好每一天，珍惜每一天。正是这样明媚的心境让她不被重病打倒，每天睡前，都很感恩，又赚了一天，又有一天的光阴没有虚度。小河流水大河满，每一天都是人生的一个细节，无数的细节之美才能成就从容大气的人生。

河北雄安新区"容城三贤"之一的大儒孙奇逢因清初时田园被清朝贵族圈占，被迫南迁的时候，写有诗句："离家百里烟云隔，冻馁方知行路难。"颠沛流离，衣食无着，行路之难，经受的磨难比比皆是。所谓劫后余生，就是再劫，再余生，再劫，再余生……孙奇逢乐观地看到，这样的艰难都是历练，是治学的财富，他说："天于霜雪含春意，人自艰危见道心。"所有的霜雪下面，都隐着春芽。所有的坎坷不过是外物：我大而物小，我小而物大。我们的劫后余生，要做的功课，就是怎样让我更大而物更小。

生活就是这样，左手托着苦，右手握着甜。只要我们内心充满阳光，就没有什么能阻止我们走向明亮与美好。正像那位文友的一条朋友圈：春叶初萌，河水初盛……天正蓝，风正暖，岁月正长！一切刚刚好！

日月如酒，乾坤为棋

唐代大诗人杜甫曾经写过这样一首诗《衡州送李大夫七丈勉赴广州》：

斧钺下青冥，楼船过洞庭。
北风随爽气，南斗避文星。
日月笼中鸟，乾坤水上萍。
王孙丈人行，垂老见飘零。

一般理解这首诗多是感慨万物渺小、人生无常，但诗中名句"日月笼中鸟，乾坤水上萍"却于沧桑之中满蕴了一种大气与豪气。世间物再大能大过天地日月吗？然而日月不过是笼中鸟，天地也只是水上浮萍，世间万物又该有多大呢？

物如此，事亦然。这世界有什么事情很大？有什么坎迈不过去？再大能大过禅让帝位、征伐作战吗？然而邵雍却说："唐虞揖逊三杯酒，汤武征诛一局棋。"唐虞禅让如喝三杯酒一样简单，汤武征伐如下一局棋一样平常。

若能以此胸襟眼界看待万事万物，那么，事来了，就如同小小的浪花冒一下；事去了，就如同短短的影子消失了。

胸中有乾坤，临危可谈笑。

我觉得把杜子美和邵尧夫的话结合起来也很好，日月如酒，乾坤为棋。

万物皆可为杯，阳光、月色皆可为酒，有多少不如意，是这样的酒消不了的愁？万事不过棋子，乾坤画了一个大棋盘，有多少天大的坎，是这样的棋盘摆不下的子？

其实所有的烦恼忧愁，只源于心中有所求。尤其是越分之求。

孙奇逢在晚年的日记《日谱》中说："甚矣，人心之无足时也！逐日营营，总是愿外，不知富不可以求得。越分妄求，余殃在后。贪人之有，有则为人所贪。如欲千百年富贵，此必不得之数也。昔有人自称为富贵之家，客曰：富贵如何便成家也？富贵如以我为家，不应走向他家矣。既走向他家，是以我为逆旅耳。"

这段话很好明白，君子爱财，取之有道。不可越分妄求，否则余殃在后。富贵对每一个人都是当作自己的旅店一样，在这个人这里歇歇脚，又去那个人那里了。怎么可能千百年富贵呢？写到这里我想起孙奇逢的祖父孙臣，曾任河东盐运司运判，为官清慎，他说："做官要钱，无非为子孙计。不知一要钱，子孙微矣。子孙不如我，要钱做什么？子孙胜似我，要钱做什么？"做官要钱，无非就是给子孙做打算，不知道一要钱，家风家教就坏了，子孙品德败坏，必然会式微。子孙若不如自己，你给他钱有什么用呢？坐吃山空而已。子孙如果比自己强，你给他钱就更没有用了，人家自己会奋斗。所以无论哪种情况，最重要的都是留德而不是钱。

在这天的日谱中，孙奇逢这样结尾：许伯康遇神人，授一卫生之偈，云："自家有病自心知，身病还将心自医。心境静时身亦静，心生还是病生时。"

若要身体好，先要心境好。其实何止身体，凡事若要好，怎能不先以心境做底？心境静时，饮三杯阳光月光酿的酒，下一盘天地乾坤摆的棋。微醺之际，收起棋盘，坐看青山相待，白云相爱。

眼界明亮的密码

从前,有一个人在花园里除草。花园很大,杂草很多,他忙了半天,累得腰酸背痛,汗也湿透了衣裳,还是没能将杂草清除干净。他忍不住生气地说:"为什么花这么好看却很难养,草这么难看却长得到处都是。唉,这世道,真是善美难培养,黑恶难铲除啊!"

他的老师听到了他的抱怨,笑了:"你也没有培养善,也没有铲除恶呀!"这人一听更生气了,我不辞辛劳浇灌花朵,不吝力气铲除杂草,怎么就没培养善没铲除恶了?老师还是微微笑:"善恶怎么能只看表面呢?你想在花园赏花,花善草恶。那如果你想种一片茵茵草坪呢?忽然草坪上长出一棵玫瑰花,很健壮很艳丽,刺儿也很扎手,你还觉得花善草恶吗?你还会浇灌花然后去除草吗?"这个学生似有所悟。老师又说:"所以呀,善恶只是你自己这么认为。就比如一块黄金,是好是坏?"学生眼睛发亮:"黄金,好东西呀!给我给我。"老师微微笑:"那要是这块黄金在你肚子里呢?"学生大骇:"那我不要了!"

"可见,"老师发现学生能听进去了,继续深入,"你之所以生气,是因为把事物分成了好坏善恶,于是就有情绪了,心情被事物牵着走了。这样,不仅你认为恶的会让你生气,你认为善的也会主宰你的情绪。就像黄金,因为你喜欢它,拥有就高兴,万一丢了,就一定懊恼不已。它已经成了你情绪的主人,你都成了它的奴隶了，你还怎么快乐和幸福呢？"弟子若有所思地说："既然这么分善恶不对，那我就不除草了。"老师说："草长在你的花园里，它妨碍你赏花了，你就可以拔掉呀！只要不想着它是恶的，不和它对立，不被它控制情绪，就好了。"弟子终于明白了，事物本身没有善恶之分，善恶都在我们心里，以善为出发点，每个人都可以有不同的选择，人家周敦颐就不去除自己窗前的杂草。

推而广之，当我们不用自己的私心去评判外物时，外物就不能控制我们。外物都有其自身存在的道理和发展的规律，我们不必把它们放在心上，只需做好自己；能让心灵安宁，以良知主宰自己，胸怀随之宽广平和，眼界随之开阔明亮。

这个老师，是心学大师王阳明。学生，是他的弟子薛侃。

世间事，不思回报，方遇惊喜

很多事，忙过就忘了。很多人，还一直牵挂着。

工作原因，帮助别人的事总是自然而然，不觉得多做了什么。比如，当老师的时候，台上讲课，是工作。台下对学生好，也没觉得是工作以外的事就可以不做，而是像日常生活一样觉得理所当然，反而因能力有限做不到更多而自愧。又如，后来到政府部门工作，下乡时倾尽心力做的一些事。遇到贫困户，掏不出太多钱给他们帮助，尽力联系爱心人士和爱心组织，因此而奔波劳碌的时候，还总觉得是工作很充实，其实一不小心又忙到工作之外了。

很多这样的事，忙完也就都忘了。不思回报，却常常遇到人心换人心的惊喜。比如学生们长大了，随之而来的是对我的关心与爱；比如曾经的举手之劳或是不厌其烦的付出，常能收获意想不到的温暖与幸运。就像一位朋友常挂在口头的一句话：我生命中的贵人很多，总是在对的时间遇到对的人。殊不知这是她之前结下的善因啊。

反之，太过求成，有时只怕得到惊吓。

孙奇逢在《日谱》中分析说，其实不是只有贪财贪色才是欲望，即便是功名道德，一旦被它们绞住了，缠住了，那这颗心就不再泰然坦然。太过求成，心不静了，一些漠视规则的捷径趁机来袭，光明和智慧也将远离，那就不一定能成，成也不易久，反而有很多惊吓。只有静心虚心，方可顺其自然。事情还没到来，会不会到来，以什么样的方式到来，不是你我能控制的，不必过分担忧、牵念，做好当下即可。

孙奇逢推而广之，继续阐述：很多兴趣爱好、天赋特长也是这样。不去热闹繁华处走一圈，终是放不下。往内心说，人都喜欢站在道德高峰、受人追捧；往外物说，则喜欢纷华靡丽、被人艳羡。这是人性弱点，都难免。繁华热闹处见过了，之后的走向才决定了能不能走远：是继续耽于其中呢，还是英雄回首，将风波、是非、荣辱、得失，拦截在心外，与内心不相纠缠。

孙奇逢有一个孙子考中了进士，名叫孙㳛，他曾在咏辉县九莲山的时候写过一句诗："古嶂云联千迭翠，野花风送四时馨。"世间事，以正为骨，善为魂，坦然去做，攀峰越岭，方有人生的千迭翠，四时馨。

心学大师的"寓教于乐"

初春，阳光渐暖，各色草木都睡醒了，伸伸懒腰，舒展眉眼，开始萌发新的枝叶。这时候，来了两位园丁。园丁甲，浇浇水，摸摸头，转圈看看，长歪了的扶扶正，一起读读诗，学学礼，做做游戏，夸奖一番大家长得很努力，有进步，走啦。各个草木小朋友高高兴兴继续生长。园丁乙，过来一看，这胳膊腿都伸哪儿去了？捆上！这叶子好像形状不对，摘了！什么？口渴？还不到规定的喝水时间，不给浇水！都给我一起背书！背不过来的不许晒太阳！经过一番严格管理，所有的草木低眉顺眼，十分整齐，园丁乙满意地走了。剩下草木小朋友们像被关在监狱似的，在风中凌乱，不想再生长了。

这景象有没有点眼熟？不错，孩子们就是这些初春刚刚萌发的草木，园丁自然就是老师和家长。那么，甲和乙，谁的做法好？500年前，明朝心学大师王阳明就给出了答案。他说："大抵童子之情，乐嬉游而惮拘检，如草木之始萌芽，舒畅之则条达，摧挠之则衰痿。今教童子，必使其趋向鼓舞，中心喜悦，则其进自不能已。譬之时雨春风，沾被卉木，莫不萌动发越，自然日长月化；若冰霜剥落，则生意萧索，日就枯槁矣。"适应儿童"乐嬉游"的天性去教育，使其喜悦鼓舞，就像草木萌芽之际遇时雨春风，会长得更好；违背儿童的天性，摧挠其身心，就像给草木以冰霜一样，会生机萧瑟，日渐枯槁。可见乐学的重要性。

这段话出自王阳明《训蒙大意示教读刘伯颂等》，简称《训蒙大意》。训蒙，教育儿童。教读，就是老师，刘伯颂是教读之一，王阳明单把他提出来，应该是教导主任，管理教学工作的。明正德十三年（1518年）王阳明平定赣南反叛后，在当地建立社学，邀请老师教育儿童，以繁荣当地教育事业。在离任时，他生怕这些老师们像园丁乙那样，不懂得让孩子们乐学的重要性，到时候再误人子弟就惨了，于是特意撰写了教学条规《训蒙大意示教读刘伯颂等》，与他的《教约》合称《社学教条》。

无独有偶，王阳明之后，又有一位被称为"北方孔子"的教育家孙奇逢也对"乐学"境界有着极深的体悟。

孙奇逢，生于明万历十二年（1584年），卒于清康熙十四年（1675年），为我国明末清初著名的理学家、思想家、教育家，被誉为"北学宗师""北方孔子"。孙奇逢的一生，是学习的一生，无论饥寒交迫，还是战乱流离，他始终在学习，直到生命的最后一刻，还在讲论学问。他对于乐学的境界，是最有发言权的。他说："学问不长进，只为眼前看得没趣味，故冷冷淡淡，不肯下手做功夫。若真如饥而食，渴而饮，自然住足不得。"大人和孩子是一样的，也要对学习有趣味才行。没有体验到学习的快乐，学得很没劲，提不起兴致来，学问又怎么会有所长进呢？自然是对学习非常冷淡，毫无热情，也就不会真正下功夫用心去学。如果对学习特别有兴趣，能够快乐学习，从学习中获得成就感幸福感，那么学习就像一个人饿了忍不住要吃饭，渴了一定要大口喝水一样，想停都停不下来，真的如饥似渴，这才是学习的高境界，学问才能长进。

孙奇逢以诗书为乐，他说读未读书，如交新友；读已读书，如遇故人。真正把读书作为与朋友在研讨、交流，那么又怎么会厌倦呢？孙奇逢自孩童开蒙，至耄年亦是晨星即起，深夜不休，"一编孔孟彻宵旦"。他说："若悠悠忽忽漫常度此岁月，此日因循，过后追悔，回天无力，挽日无戈，岂不可惜。"他自己这么乐学,教导弟子时,也以让弟子能乐学为目标。和一般单调古板的理学先生不一样,孙奇逢的教学是让人如沐春风的,让人能够逐步喜欢学习,快乐学习。他的弟子耿介在《夏峰先生像赞》中写道:"我向视道,邈乎难亲。今见夫子,近在一身。乾行不息,元气浑沦。静重岳立,温蔼阳春。时雨所至,鼓舞若神。岂有奇特,日用彝伦。文理密察,笃挚深醇。卓彼两程,合为一人。唐虞持敬,洙泗言仁。夫子诏我,千古如新。"耿介说自己本来觉得宇宙万物之道是离自己很远很难亲近的学问,如今看到孙老师,原来"道"是这么的近,就在老师身上。老师的教导,就像温蔼阳春,又像滋润万物的细雨,鼓舞人心。其实老师所教也没有什么奇特啊,就是日用伦常,就是"敬"与"仁"的学问,但好的老师能让学生身心愉悦,努力向学。

清康熙二年(1663年)四月初四,著名思想家、书法家、医学家傅山来到夏峰村与孙奇逢会面,为其母求墓志铭。傅山不喜欢呆板的理学家,以为孙奇逢也是这样的,但见面之后,竟是大喜过望,所有的偏见马上消失。《霜红龛集》卷三十九有一则杂记:"顷过共城(共城即辉县),见孙钟元先生(孙奇逢,字启泰,号钟元),真诚谦和,令人诸意全消也。其家门雍穆,有礼有法,吾敬之爱之。"兼山堂一派雍穆,其乐融融,孙奇逢以其个人魅力令傅山敬之爱之。

可见真正好的教学,不是枯燥乏味,不是严厉捆绑,而是从亲近浅显处入手,让人喜欢学习,逐步达到乐学的境界,自然学有所成。

融化痞块，扫除障蔽

痞块，中医指腹腔内可以摸得到的硬块。痞，最初的意思不是现在常用的意思，它本来是指胸腹间气机阻塞不舒的一种自觉症状。

凡硬块皆非一日形成。那么它是怎么来的呢？《古今医统大全》中说，是由气血郁滞，凝结而作块，坚硬而成形，致于寒热作痛，呕吐胀闷，甚者……甚者就不往下说了，怪吓人的。

气血郁滞，这词儿好懂。生气了，血脉不畅，气不消，就郁了，就滞了，就给硬块的形成创造条件了。不让气血郁滞，给它融化了，就防患于未然了，万事大吉。但这事儿说起来容易，做起来难。

孙奇逢说："大凡胸中有一物沾滞不能融化，便是障蔽。"所有的坎坷都是外物，这里的"物"也是。物来了，生气、伤心、郁闷……都正常，没有情绪那才不对了，"无血性不可以为人"。情绪来了，直面它，了解它，看透它，它就没那么可怕，可以来也可以快快地走。反之，情绪来了，你不看破，它不走，那就是沾滞在胸中了，成为障蔽。这时候，我们需做的，就是让自己英雄有用武之地，以胸怀为竹，以智慧为练，绑一把大扫帚，将障蔽扫除。

纣王有个叔叔叫箕子。纣最初想用象牙做筷子，箕子就担忧叹气，劝他："你做象牙筷，什么样的杯盘才能匹配？肯定要做玉杯；有了玉杯，肯定就想要远方珍奇稀有的宝物，这才能衬得上你的玉杯啊。慢慢的，你就感觉什么都匹配不了，从里到外，从小到大都要换换了，就该大兴土木，盖豪华宫殿了。国家还怎么振兴？这象牙筷是始作俑者，快别做了。"这时候纣王已经开始骄奢淫逸，箕子劝谏，他一点也不听。人们就劝箕子："纣王都这样了，你可以离开他了，另觅贤主吧。"箕子摇头说："为人臣谏不听就离开，我这不是在到处宣扬君主之恶而取悦别人吗？我不忍心这么做啊。"于是他就披散头发假装疯了。然后隐居起来，弹琴作曲来度过自己之后的岁月，人们把他作的曲传播开来，名为《箕子操》。

箕子如果气血郁滞，早被纣王气死了。逃又不想逃，气死也没价值，箕子装疯，只是委屈自己以谋求自己其他的志向，所以他虽然劝不动纣王，很失败，很郁闷，但都已自己融化、自己扫除，胸中没有痞块，没有障蔽，这才能有《箕子操》。

这是箕子化解的大事，我们很难遇到这样的大事，但不融化却不在大小。一饮一啄，一语一言，凝滞于心，都是痞块。其实小到日用饮食之间的琐碎困难，大到天地间多么不可思议的愤懑不平、崎岖坎坷，都是极为平常的。那要看你怎么看它。你看它是不平，它就不平；你看它平常，它就平常。这就像天黑了，改不了宇宙本来的颜色；风雨来，也败不了日月的光明。让世界加给我的种种昏暗自心中逐一亮起，行所无事，物来顺应，融化痞块，扫除障蔽，外恶能耐之何？

原谅冬天

　　身处北方小城，冬天特别漫长。爱美又怕冷的我，从小到大一直就不喜欢冬天。怕冷的意思很简单，"爱美"的意思可就广泛多了，不仅仅是冬天不能穿小旗袍，更主要的是冬天没有漂亮的花，没有柔嫩的叶，到处光秃秃的。只有冬青，还被冻得都青了，一点也不水灵。冬天就是这样满目荒凉苍茫，不美，不喜欢。

　　因为这种心情，我在诗文中，也总是将冬天看作艰难困苦的象征，总是说冬天会过去的，前面就是春暖花开时。为此还遭到朋友吐槽：冬天不是负能量！但这样的话说服不了我，改变不了我对冬天的不喜欢。

　　直到有一天，看到孙奇逢《日谱》中记载的一件赏花之事，才对冬天释然。说的是有一天海棠花盛放，大人、孩子、很多朋友聚在一起赏花。有一个客人说，今天天气不好，花也快开完了，赏花应该在花含苞初绽的时候，应该在天气晴好的时候，再有美酒助兴，人家花神才高兴。这时候孙奇逢就说了，如果你的快乐要建立在外境上面，那么外境一旦达不到自己的要求，就成了缺陷。只要让我的心能够与人和睦，与物无争，那么不管怎样的外境都是乐境。天地之间万事万物各有其自身的规律，它们各自按照其自身规律去发生发展，天地乾坤对万事万物都是很宽和的。懂这个道理，能够深谙此中境界才能更好地赏花啊。

推而广之，因为某个环境自己很快乐，那么这个环境不在了，心情就会转为凄凉；因为一个人你觉得心中明亮，那么这个人不在，你就又心中昏暗不明了。这就像你在很冷时，到了一个有炉火的屋子里面，温暖是从身外来的——如果自己内在的精神也有这样的暖意，那么由内而外，你就可以自己生成光亮和温暖。有这样强大而明亮的内心，那么，火不能伤害你，水也不能伤害你，不管什么环境，也就都不能为难你了。

所以，原谅冬天吧，宽和对待所有的外境，因为，我们都有自己的阳光和花香。

远秋云之薄，养日月之厚

清顺治七年（1650年）二月的一天，北方春寒料峭。67岁老翁孙奇逢遇到一个朋友，朋友衣衫单薄，鼻子都冻红了，脸也气红了，忍不住地嚷："气死我了！气死我了！"

瘦削清朗、慈眉善目的孙奇逢见状，以手抚须微笑劝慰："别急别急，气坏了身体不值得。这是怎么啦？"

友人愤怒地厉声说："这人太不够朋友了！我对他这么好，他却总是负我！问问良心，他对得起我吗？我非跟他绝交不可！"

孙奇逢拍拍友人的肩膀，真诚地说："这是好事儿啊。他负你，是帮助你成为一个仁人长者啊。要不然怎么算仁人长者？假若我们总是负了别人，那不是让自己成为刻薄小人了嘛。你看看孔子孟子，他们经常自我反省，思考的都是怎样不负人，至于别人是不是负我，我们都用不着管。我们要成为真正的贤人，有什么人是不能包容的？怎么可能必须都是不负我的人，我们才讨论是不是要容他？只有能够容得下负了我们的人，我们的德行胸怀才能更加宽广啊！也才能让自己站在一个更高的位置，往下一看，世俗之中多是昏庸烦闷的人，我们可以用我们所悟到的，来帮助他们摆脱苦恼。如果我们一句话、一个事儿都要斤斤计较，那我们岂不是更加苦闷了？至于严重些的，别人不负我，我却做些负人的事儿，那可纯粹是把自己推入刻薄小人的泥潭了。如果我们能以仁人长者的风度待人呢？那就不用想那么多啦！更不用生气啦！"

又有一个朋友也是受到了人情世故的打击，又是一个人负我的事儿，他慨叹说："唉！世态炎凉啊！人情凉薄就像秋天轻飘飘的薄薄的云朵一样，真是风一吹就散了。"

孙奇逢为他开解道："人们纷纷议论说人情凉薄，要我说，人情是薄，但也厚。厚，还要从自己这里生发出来。向人求厚，希望每个人都待自己热情似火，敦厚友爱，那厚是有不了的。怎么才能有？先从自己做起，自己先成为一个敦厚友爱、淳朴热情的人，多容人、多助人，那多么凉薄的人情到了你这里也就慢慢改观，变成厚的了。"

欲要温馨厚重的情谊，请远离薄似秋云的待人处世之道，先让自己散发温情敦厚的人性光辉，像日月之光，遍及天地，必然吸引来同样的温暖明亮。

孙奇逢是这么说的，也是这么做的。自己没钱没势，硬要去操心被魏忠贤阉党陷害入狱的东林党人，冒着巨大的风险筹钱救人；自己没吃没喝颠沛流离，还要一路给人讲经论道，答疑解惑；守御五公山，先把自己所有的粮食拿出来给大家一起吃，结果十天就全吃完了；开坛讲学，不管谁来求教，热忱以待，倾囊相授；弟子为刊刻他的书籍遭遇文字狱，他以耄耋之年二话不说千里赴京要去"自首"以解救弟子……凡此种种，可见孙奇逢从不空谈理论，而是身体力行。不仅自己要做到，他还教导子侄：待宗族乡党，宜宽宜和。

孙奇逢少年时，与好友鹿善继"以圣贤相期许"，读王阳明《传习录》，深受影响。王阳明曾对弟子说："凡今天下之论议我者，苟能取以为善，皆是砥砺切磋我也，则在我无非警惕修省进德之地矣。昔人谓'攻吾之短者是吾师'，师又可恶乎？"（《传习录》一四八条）

想起康震在《经典咏流传》里说过的一句话："你越阳光你就更阳光，你更阳光你就是阳光！"愿我们也都能如此，涵养日月之辉，待人从不凉薄。

"圣贤版"的课堂教学

出来上班，柔风暖阳，扑面而来，家门口的银杏，又写满一树的金语，舞成一地的蝶飞，心中雀跃：哇！爬山的天气！可是，连续的忙，没时间……40多岁的我，尚且看到久违的和暖天气都想要做自己喜欢的事情，何况孩子们呢？由是，想到读《传习录》时，明朝心学大师王阳明的一次课堂。

我们都知道，乐学爱学，是学习的高境界。最怕孩子不学、厌学，现在生存压力这么大，学更是至关重要。学校，老师，家长，谁不想孩子学习出类拔萃？恨不得一天变成48小时，多多地学，用力地学，甚至拼命地学，可怎样才能有更好的效果呢？

我们的老师、家长，只要看到孩子不听课，不写作业，不用功，就如临大敌，苦口婆心"棍棒"（目前来说打在身体上的少，精神的多）交加。在王阳明看来，这样的教学是让孩子把学校视为监狱，"彼视学舍如囹狱而不肯入，视师长如寇仇而不欲见"，那怎么行呢？人都是有天性的，强行违背甚至扼杀人的天性，那绝不是好的教学。

让我们穿越到500年前，看一个教学场景。

时值盛夏，天气炎热，王汝中、黄省曾与他们的老师王阳明在一起，向老师请教学问。

王老师不谈学问，先是手握折扇对他们说："你们用扇。"

省曾赶紧站起来，毕恭毕敬地说："学生不敢。"

王老师微微一笑："圣人之学，不是这等捆缚苦楚的，不是装做道学的模样。"

汝中灵窍顿开："老师老师，我看'仲尼与曾点言志'一章就是您说的这个意思！"

王老师笑眯眯点头："对啦！你们看这一章，圣人是何等宽洪包含的气象！老师问学生们的志向，有三个学生赶紧整理形象，恭恭敬敬回答。至于曾点，飘飘然不看那三个同学一眼，自己去鼓起瑟来了，这是何等狂态啊！等到说自己志向的时候，又不针对老师的问题，都是一派狂言。这要是伊川先生，可能就要斥骂起来了。圣人不仅不怪，不管，反而称许他，圣人的胸襟气度那是什么气象啊！圣人教人，不是要束缚他们都做一样的人。若是狂者呢，便从狂处成就他；狷者呢，便从狷处成就他。人的才气怎么可能都一样呢？"（原文见《传习录》下，二三六条）

那么，曾点回答自己的志向是什么呢？这就是中学语文课本上那句著名的话："莫春者，春服既成，冠者五六人，童子六七人，浴乎沂，风乎舞雩，咏而归。"这不就是我们的小康目标吗？表面看，曾点答非所问，实际上孔子独具慧眼，曾点描述的和睦美好的景象才是一个国家最好的状态。

而伊川，是著名的"二程"中的程颐，是典型的严肃古板的道学先生。程颐有个哥哥，叫程颢，为人和蔼可亲。因为哥俩都是理学大家，后人将他们合称"二程"。据《宋名臣言行录》记载，二程小时候，跟随赴外做官的父亲到汉州，借住在寺庙里，"明道（程颢）入门而右，从者皆随之；伊川（程颐）入门而左，独行至法堂上相会……盖明道和易，人皆亲近；伊川严重，人不敢近也。"宋元祐元年（1086年）程颐以布衣受诏，任崇政殿说书，给年幼的哲宗皇帝讲课。小皇帝就是小孩子，哪里能老是规规矩矩的。春和景明的一天，小皇帝看到长出新芽的柳枝柔嫩可爱，顺手折了一枝，哪料想刚折下来，程老师就看到了，严肃地训了他一顿。可能人家小皇帝要编个草帽戴戴呢，这一来让程老师给吓回去了。程老师标榜的是极端严肃、没有喜怒哀乐的状态，偏偏他自己真能做到，据了解他的人说，他真的不会笑。王阳明在这里特意提到伊川先生，这位程颐老师跟孔子是鲜明的对比，孔子能够将课堂上成其乐融融的画面，换作程颐，一定严厉制止。然而事实证明，孔子是杰出的教育家。

王阳明的教学模式直追孔子，教学效果显著，由他光大的心学很快风靡全国，势不可挡，唤醒了很多人的良知和主观能动性。在王阳明逝世50多年后，直隶保定府容城县（今河北雄安新区容城县）北城村一个叫孙奇逢的人出生了。14年后，少年孙奇逢与定兴的鹿善继在忠愍祠（明朝忠臣杨继盛，容城县北河照村人，谥忠愍）定交，之后在他的好友鹿善继的影响下，对阳明心学产生了浓厚的兴趣，思想学术及为人处世都深受其影响。明朝末年，孙奇逢勇救东林、保卫容城、守御五公山……赫赫事功也向王阳明看齐。清朝初年，圈地令下，60多岁的孙奇逢率宗族乡党南迁河南夏峰村，筑兼山堂，讲学授徒也多用这种"侍坐"的教学模式，与弟子们沟通交流，讲习探讨。他的弟子遍布全国，有高官，有醇儒，有农民，也有贩夫走卒，他一视同仁，和蔼可亲，各依据其不同特点教导。"与人臣言忠，与人子言孝，与人弟言悌"，不管是什么样的人，与征君先生（明清两朝十多次征召孙奇逢做官，皆婉辞不就，人敬其为征君）说上几句话，都很欣喜有收获。有人说，孔子离我们太远了，想象不出他是什么样的，看看征君，就知道孔子的样子啦！孙奇逢也因此被尊称为北方孔子，并与李颙、黄宗羲并称清初三大儒，清道光八年（1828年）从祀孔庙。

不仅对弟子如此，对自己的孩子们，孙奇逢也能做到各尽其才。有的孩子擅长种地，那就做一个好耕者；有的孩子适合读书，那就做学问或是走仕途；有的孩子喜欢医学，那就悬壶济世……因材施教，这就是古圣先贤一直在努力倡导的教学理念。愿我们今日也能正确看待不同的孩子，不同的学生，包括不同的自己，依各自所长，成就更好的人生。

该不该为灾难买单

网络时代信息便利，很多热点瞬间传遍全世界。比如引起广泛关注的巴黎圣母院大火，简直烧烫了网络。可再高的热点，终有凉下来的时候。只是事情虽已过去，总还有些什么是过不去的吧？

比如，儿子问我："网上有个帖（先不论其真实与否），说的是有个法国历史老师在课上痛哭流涕讲巴黎圣母院大火，说有中国人幸灾乐祸叫好。这事儿你怎么看？"

我说："还真看到过相关文章，写当年圆明园被劫掠被烧毁，可巧干坏事的是英法联军。如今，一百多年过去了，圆明园还站在那里哭。所以，作者说对巴黎圣母院感到可惜，但不同情。众多网友支持、赞赏。但是幸灾乐祸叫好绝不可取。我没看到有叫好的，人多了什么样的都有，也许是有叫好的吧，只不过我觉得法国老师说话还是首先要全面客观一点，毕竟中国人对巴黎圣母院的大火感到深切痛惜的是占绝大多数的，大家把巴黎圣母院看作全人类的瑰宝，而不是基于历史恩怨去考虑问题。这是一种大爱情怀。"

儿子点头。

我问他："如果你是老师，面对这些情况，你还可以教学生们什么？"

他想不上来，问我："妈你上课时结合这些时事热点吗？"我说："结合呀！我可忍不住不说。我会用几分钟时间跟学生们探讨，去引导他们做深入思考。"

他说："有好多老师只是讲学科知识，才不管外面发生了什么。那么你上课会怎么讲这个事儿？你认为历史上的过错应该由现在的人来买单吗？"

面对如此勤于思考的儿子，我只好调动自己的知识储备，接着聊："我会告诉我的学生们，错了就是错了，不管已经过去了多久。如果有良知有诚意，总能做些什么来弥补之前的过错，获得原谅、心安，这就是广博的境界。比如前些天我在'学习强国'平台，看到一个国家归还中国大批文物，这就是一个方法吧。一百多年前的祖先做错了，烧了的已毁，至于抢去的，后人可以归还呀！若再能诚恳道歉，中国人是最宅心仁厚的，肯定原谅。如果还总是霸占着，那就不仅是历史上的错误，也是现在的错误，为自己的错误买单是必需的。"

儿子频频点头："嗯嗯，有道理。我想起一个事儿，联邦德国一个总理向犹太人死难者纪念碑双腿下跪，对在'二战'中被纳粹党杀害的犹太人表示沉痛哀悼，并虔诚地为纳粹时代的德国认罪、赎罪。还向全世界发表了赎罪书，世界各国爱好和平的人们无不拍手称赞。这位总理还获得了诺贝尔和平奖。"

"对呀，"我说，"如果能像这样，世界该多么友好。可是有的国家却反其道而行之。"

儿子想到日常生活："再问一个问题，比如有人借钱，可是债主死了，他还要向债主的儿子归还吗？而且债主没有亲儿子，只有一个义子。"

我说："这还是要问问内心的良知。良知会告诉你，这钱是你的吗？应该要吗？答案明确。所以必须归还。不仅可以还给义子，若后代一个都没有，也还可以还给他的家族亲人。再没有，还可以用他的名义做慈善。这样做了，心才能安，才踏实，才轻松，对不对？"

儿子点头称是。

所有的事情，退去的是热度，留下的是思考。万事万物，都是治学的途径，王阳明讲"心即理"。讲"知行合一"，讲"致良知"，孙奇逢讲"以慎独为宗""以体认天理为要""以日用伦常为实际"，都是一样的道理。

户枢流水即吾师

整书拂几当闲嬉，时取曾孙竹马骑。

故故小劳君会否？户枢流水即吾师。

这是陆游的《书意》诗作。这首诗我学得不好，成绩不及格——首先，故故小劳做不到，总是忙忙大劳，需知小劳能健体，大劳，累过了劲儿，就累病了。我在工作、生活与兴趣爱好中，常犯这个毛病，于是也就常累倒。其次，"户枢流水"这个老师的学问也没学好，太好静，又不及格。户枢不蠹，流水不腐。经常转动的门轴不会被虫蛀，流动的水不会腐臭。看来动是非常重要的。

想当年，我二十多岁，在容峰中学教两个班的语文课，每两周放假两天，两周里面我有57节课，外加4天值班（值班是典型的"陪吃陪睡"：学生们吃饭得陪着，他们吃老师看着，维持秩序；学生们睡觉得陪着，他们在宿舍里的各种小动作，老师要在楼道里转，一个个敲门"恐吓"）。我记得，春秋冬三季，值班时楼道里都是阴凉的风，吹得透骨，先埋下腰疼隐患。然后是工作量的巨大，再就是夜深忙完，入眠困难，我书笔为伴，又在床上靠着墙坐好久。就这样，再加上体质弱一点，真不是铁打的，晕倒来了，腰疼也来了。不严重的时候就忍着，忙碌和爱好一点不打折。慢慢就严重了，还不到30岁，就疼得坐不了了，哪都不突出就椎间盘突出。坐不了就躺着，将150本作文本放在床头，举起一本来看，看完趴下写批语。再举一本看，看完趴下再写批语……躺着看《教参》，琢磨课怎么上，搞个什么活动寓教于乐。想好了，趴着写。然后，坚持去上课。除了上课站着，其余时间全躺着。就这样仍坚持了多久。后来，终于因病离开了容峰中学。真心舍不得，学生们那么好，那么关心我，师生情谊永远难忘。其后，各种治疗，除了打针融核和手术，其他的方法几乎全试了，病友们都懂的。疼了好几年，终于慢慢好多了，但身体仍然极为脆弱，平时常常小疼，偶尔犯一次大疼。

最近的两次，一次是雄安新区第一次"雄马"活动，我负责一个啦啦队，平均年龄约70岁的一群阿姨在一个展演点表演腰鼓。感受着阿姨们老当益壮奋发向上的精神风貌，倍受鼓舞。然而，起太早了，工作时间太长了，又吹点凉风，中午回家，倒杯热水，一下子疼坏了。前几天，因年前清洗收拾卫生本来就累，中午做饭时腰疼，休息了也没好，下午上班去，办公室里坐半天，晚上就又疼坏了。

什么叫疼坏了呢？就是一点都动不了，生活完全不能自理，从地上到床上躺下去，咬牙一点点挪。翻个身，要一手托腰，咬牙一点点翻。从床上下来，必须先侧过来，再用胳膊肘挂着一点点先趴下，再往下挪。趴下的过程，身下的胳膊简直都抽不出来，因为要抽出胳膊，腰就要抬起，抬不起来呀！咬牙忍着剧痛，一点点抽出，千难万难。孩儿他爸这时候终于大有用武之地，帮洗脚，给穿衣，给买东西。

一旦疼到了这程度，啥也不想了。工作，家务，兴趣爱好，有多少也不想了，想也白想，虽然它们很想我。一旦疼到了这程度，想歇一晚就好，纯属痴人说梦。奇迹是不会那么快就来的。十多年来，我已经摸索出了比较适合自己的方法：贴膏药；用腌咸菜的大盐粒装进布袋，微波炉加热，放在腰下烫着；吃点消炎止疼药。然后,躺硬板床,静养。需要休养几天可没准,总得到能生活自理了,再慢慢恢复正常工作生活。然后,我的眼睛又开始就疼了——天天这么躺着,总得看书看手机呀!

这么多年了,总是不长记性,总是学了古人的智慧也做不到知行合一,这是多么痛的领悟啊!

陆游少年多病,青年时与唐琬的爱情受挫,中年时恢复中原的壮志不得伸展,做梦都牵念,"夜阑卧听风吹雨,铁马冰河入梦来"。晚年还遗憾地对儿孙说:"王师北定中原日,家祭无忘告乃翁。"历尽磨难,一生坎坷,但能高寿以终。爱动(但不过劳)、豁达(看事情角度好)、童趣(请大家自行脑补一个当了太爷爷的人骑着竹枝做的马满院子"驾驾"的情景),这当是长寿且快乐长寿的几个要素吧。

第六辑
遏思有春

　　这世间,艰难的,只是过程;干涸的,也只是岁月的泪。冬的荒芜过后,一抬眼,便是萌动的绿意和希冀。所有的风雨都在外面,心中的阳光,总会把生命照亮。

种下爱，自会开花

过年了，我家的团聚很简单，因为搬了两次家，从村里到城里再到花园小区，一家五口从未分开过，所以天天都是团圆饭。饭桌上，儿子说："妈，我朋友不开心，年过得不好。"

怎么了？不待我问，儿子就声情并茂地跟我聊起了详情。

权且把这孩子叫小A。小A爸要回小A奶奶家过年，小A妈不同意，小A也不喜欢，但是拗不过他爸，一家三口就去了奶奶家。小A说每次奶奶都是给做面条吃，而且是只有面条，没有别的。这次也一样，三个人一到奶奶家，奶奶就说："饿了吧？我给你们做面条去。"小A说："不饿！"小A妈也说："不饿！"小A爸火冒三丈，大发雷霆，将娘俩一顿痛骂。然后，娘俩就走了，去小A姥姥家了。于是，一家三口将年过成了这样：小A爸在小A奶奶家，吃面条；小A和小A妈在小A姥姥家，吃大餐（儿子复述了一下有哪些硬菜，可惜不爱吃大餐的我没记住）。小A的兴趣爱好是日语，自学了很多，近来又在深入学习。他说："将来我去了日本，过年才不回家，嫌心烦。"可见姥姥家的大餐也未吃出好心情。

我听完后问儿子："你觉得这事儿应该怎么办好？"他说："小A爸脾气可大了，他是军人，把那种雷霆之力都用到儿子身上了。"我说："嗯嗯，有道理，如果他爸不发那么大火，可能事情也不至于这么糟糕。可是他也情有可原，妻子儿子不给他妈面子就是不给他面子，他一个当儿子的，眼见妻儿对他妈不好自然火大。我觉得吧，一家三口在去之前应该沟通一下，小A和他妈想吃什么可以带点简单的食材过去，在奶奶家自己做呗，不要苛求奶奶。"儿子点头。

婆婆耳朵有点背了，看着我们说的热火朝天不知咋回事儿，我给她重复了一遍这个事情的来龙去脉，还没说到我和儿子的见解，婆婆就马上评论："这个小孩儿他奶奶不对！孙子来了，怎么能每回都只给吃面条呢？问问孙子爱吃什么，想吃什么，给做点什么啊！"我笑了："你这当奶奶的心情可以理解。可是万一人家奶奶不会做那么多呢？现在的孩子爱吃的东西都挺洋气的，万一老人只会做传统的，不会做那些呢？就比如咱们现在桌上这些，你看你会几样？"婆婆说："也是，我也不会。"我说："所以啊，我觉得这个小孩儿的妈妈还是应该考虑周全一点，既然每次孩子奶奶都做面条，说明她会的不多，那就应该自己细心一些，勤快一些，不就好了嘛。"婆婆说："那他奶奶也不对。就不会提前打电话说一声，问问娘俩想吃什么，能买到的可以给他们买点啊，买不到的告诉他们让他们自己带东西来做，不就好了嘛，哪还会闹别扭？"我看向儿子："听明白了吗？你奶奶专门从小A奶奶身上找原因，认为小A奶奶可以做得更好。我专门从小A妈妈身上找原因，认为小A妈妈可以做得更好。"儿子点头："因为每个人都为别人着想，都在寻思自己可以怎样做得更好，所以咱们才能这么多年一直住一起，相处这么好。而我同学一年去奶奶家一次都出事。妈，以后我做饭。"

儿子的话让我倍感欣慰。但我想起小A就难过。孩子，你可知道，我们都在心疼你，不只心疼你的新年，还心疼你本来可以更加美丽的亲情之旅，心疼你本来可以被所有的爱簇拥的每一天……每个家庭，勺子碰锅沿都在所难免，但一个被更多的爱护佑的孩子，想起家，定是满怀欣喜与温情，年节来临，也定会归心似箭。

种下善良，自会收获更多的善良；种下爱，自会发芽，长大，开花。愿每一个家庭，都能开满爱的花朵；每一个孩子，都能在爱的芬芳中成长。

身影之上

小时候曾经依赖很多身影。

父母的身影,是踏实的港湾,村路上远远看见,心里便涨满了温热。老师的身影,笼着我崇拜和敬畏的眼神,讲台上看见,手中的书和笔便化作奔向未来的力量。村庄的身影,张开摇篮一样的怀抱,归途中看见,乡情便亘古如新。

也曾喜欢很多身影。

树木的身影,梳着阳光,也梳着风雨和四季,站立成一棵又一棵榜样。花朵的身影,美丽了时光,也映亮了泪光,是一捧又一捧芬芳的希望。云的身影,是高远的轻盈,更是洁白的温柔,总是惹人遐想,若能躺进这样的怀抱,该多好。还有月的身影,霞的身影,草的身影,露的身影,麦田的身影,院墙的身影,鸡鸭的身影……

如果岁月无忧,这些身影都是静好。可是人总要长大。

一个温婉多才的姐姐跟我说:"从前我喜爱文学,远远地看着文学,觉得那么好,那么美,那么神圣,那么纯净……这是我的一个梦。可是走近了才发现,文学圈,圈中的事,原来也不单纯,也复杂,也是烟火尘世。"我说:"是啊,长大了,离近了,才发现原来遥远美好的一切只是自己的想象,原来这世间,总有那么多现实与无奈。但是,如果我们没有心中的一份清澈与明亮,可能我们就淹没在厨房与洗衣液的泡沫中了。人总要有自己的热爱,或文学,或其他，才能站得更高一些吧。"她说："是啊，所以我说服自己接受了想象中的完美变成了不完美。"

不完美是正常的。如今我们仍然热爱，恰恰是让自己站在不完美之上，站在很多纷繁复杂的身影之上，俯视红尘，完成一种涅槃后的轻盈。

有多少人整日在闲闲地忙着。又有多少人在忙忙地闲着。

这世间其实没个忙人，这世间也没个闲人。而我希望自己有一天，可以在时间与空间的身影之上，松花酿酒，春水煎茶，闲闲地忙着谈松语竹，忙忙地闲着耕云种月。

左手年龄，右手心龄

老夫聊发少年狂，左牵黄，右擎苍，锦帽貂裘，千骑卷平冈。为报倾城随太守，亲射虎，看孙郎。

酒酣胸胆尚开张。鬓微霜，又何妨！持节云中，何日遣冯唐？会挽雕弓如满月，西北望，射天狼。

每次看苏轼这首词，都有种强烈的感觉，想登上高山，餐风饮月，振臂一呼，舍我其谁！至于这么大劲头想干什么，倒还真没个详细规划，反正就是有一种干什么都能干成的豪迈气概。在这种气概之下，也想迎风喊两句：人到中年，聊发少女心！左手牵生活，右手擎工作。再整点兴趣爱好，一网打尽！这狂劲儿有点像了。不喜欢征战沙场，因为压根儿就不希望这世上有沙场。好在世事坎坷，这点巾帼气概还真是处处都有用武之地，不负苏轼词中读出来的这劲头儿。

有个小故事很常见。沙漠，半杯水，有人哭：就剩半杯水了！有人笑：真好，还有半杯水！这故事同样适用于很多场景，比如，老了，有人哭：我完了，啥也干不成了。有人则仰天长啸：老夫聊发少年狂！……不重复背诗了，我这是有多喜欢我的偶像东坡先生啊。所以很多想法也一样，有人最近老生病，总是慨叹：唉，我也是40多岁的人了呢！言外之意，老了，就该生点病了。什么逻辑。我怎么不觉得我40岁就是老了呢，整天还蹦蹦跳跳的，生活中点子多多，被儿子说成："妈，你真是个小机灵鬼！"如果你说，40岁嘛，本来也不是很老呢。那么，我有信心，100岁的时候，让70多岁的儿子还评为："妈，你真是个小机灵鬼！"

40周岁这一年的重阳节，有点不一样。我忙了好几天，又当了一回小学生，学到很多，收获很多，于重阳节的下午基本比较流畅地主持了"爱在重阳 敬老情长"经典诵读活动。头一次"跨界"当主持人，受到很多肯定和鼓励，一并感谢。其实，悄悄地说一句，平时素颜挡不住的皱纹化了舞台妆也还有，那么多夸我"你真漂亮"的朋友们，一定是看到了比那些细纹更重要的一面吧。心里好暖，心情也很美丽，因为，心里从来没有长过皱纹，也就从不惧风霜。没见人家88岁的离休老教师，头发全白了，还上台诵读重阳诗词呢！我跟老人家握手，握了又握，感觉握住了一颗年轻的心。

每个人都有生理年龄，也都有心理年龄。它们就如同你的左右手，左手年龄，右手心龄。你想让哪一头更沉重些呢？常见有的人，两头都太重了，于是，精神也驼背了。我是从来不看左手的，因为无论年龄怎样，都不重要，让心龄年轻，左手就自然轻盈了，精神也挺秀如竹。顺便还可以沧桑得慢一点，再慢一点，比同龄人看起来年轻几岁，不仅内秀如竹，而且外美如花，何乐而不为？

还是借用苏轼的一句词来表现心境：一点浩然气，千里快哉风！

养好一只杯子

杯子，材质各异，形态各异，用途各异，但都是必需之物。李白诗"三杯吐然诺，五岳倒为轻。"大气磅礴，杯子也如金戈铁马，铿锵作响。白居易诗"晚来天欲雪，能饮一杯无？"温馨美好，杯子亦如这暖暖红炉，情谊丰润。陆游"鹦鹉杯深君莫诉，他时相遇知何处"，道尽时光荏苒与离别凄怀，杯子也似盛满离情，盈盈欲泣。

生活如杯。蓄尽千情万绪，盛满五味杂陈。但杯满有时，杯空亦有时。杯子里满了的是什么？斟杯的手当有数，斟杯的心当智慧，斟进杯子里面的，当滤尽泥污。一不小心斟进了错误的、浑浊的、不喜欢的、不能苟同的内容，勇气与力量当是倒空杯子的那双手。

人生如杯。金杯、银杯、玉杯、玻璃杯……都是杯，士、农、工、商……都是人生的呈现方式，不能以简单的好坏高低评论，个中滋味，如人饮水冷暖自知。无论我们的人生是哪一种杯子，都是要为自己负责任的，慎重对待，轻拿轻放，时时勤拂拭，勿使惹尘埃。

人亦如杯。外在形状不同，内部容积不同，都不影响杯子的质量与高度。每个人都是自己的杯子。涵养性灵，即是养好自己这只杯子。德高者，即使是一只普通的玻璃杯，盛着最平淡的白开水，依然清澈淳美。德不备，即使是一只昂贵的金杯，盛着价值连城的玉液琼浆，亦污垢斑斑。

"琴逢鹤欲舞，酒遇菊花开。"薛道衡将一颗羁旅之心，"陶然寄一杯"。人心如杯，涵养深处，我们的杯子亦自然优雅从容，洁净润泽。

永远的泊松亮斑

"笑死我了！看得我忍不住一个劲儿笑，哈哈哈……妈，我一定得给你讲讲。"好吧，每到这种时候，不听是不行的。于是儿子开始声情并茂（他的讲述总是伴随着丰富的面部表情和辅助的手势动作）讲起来：

话说，我是从一个老师讲课的视频中看到这个事儿的。老师讲得简单，我给你讲详细点。200年前，也就是公元1818年，法国科学院征文竞赛的评审委员会上，有两个人发生了一场精彩的巅峰对决。这回是关于光的两种理论"粒子说"和"波动说"。当时大部分人支持"粒子说"，因为牛顿支持"粒子说"，牛顿是大科学家呀，粉丝非常多。包括当时在评审委员会的大数学家泊松。而有一个叫菲涅尔的年轻人则用翔实的数据和大量的实验计算证明了光的"波动说"（在惠更斯的基础上）。

面对菲涅尔的结论，泊松斩钉截铁地说，不可能！光怎么可能是一种波呢？这太荒唐了！假如光是一种波，那就会，那就会……让我想想……举个例子吧！如果真照你说的，光是一种波，那在一束光后面放一个圆板，挡住光，光就会从圆板周围波动过去，然后在圆板后面的阴影里出现一个亮斑！这怎么可能呢？阴影里怎么可能会有亮斑？所以，（儿子一拍大腿）你这个说法肯定不对！光线会绕过遮挡物，你们谁见过这种现象？这多么有力地证明了光的"波动说"是错误的！

评委会的大咖们，"粒子说"的支持者纷纷给泊松鼓掌，菲涅尔的论文眼看就要中途夭折。这时候菲涅耳的同事、评委之一的阿拉果在关键时刻坚持要进行实验检测，说泊松计算得太有道理了，咱们试试吧！结果！（儿子又一拍大腿）真的有一个亮点奇迹般地出现在圆盘阴影的正中心，位置、亮度和理论符合得异常完美！

尴尬了。泊松瞬间就尴尬癌晚期，看着那个亮斑，被啪啪打脸。他是凭想象认为这亮斑肯定不存在，然而事实证明，亮斑存在！

看来想象靠不住，事实最重要。网友说泊松已经被打脸200年了，注定还要继续下去。但是这个著名的亮斑毕竟是泊松计算出来的，虽然他本来想证明它不存在，还是被命名为"泊松亮斑"。泊松因此获评"最名留青史的一次打脸"，为光的波粒二象性做出了非常巨大的贡献。

有网友说，菲涅尔哭晕在厕所，明明我发现的理论却用别人的名字来命名。还有网友说，是菲涅尔自己支持命名为泊松亮斑的，毕竟是泊松的计算给光的"波动说"提供了强有力的事实依据。

故事讲完，我也笑死了。最后我俩得出的结论是：事实最重要，名气、地位、权力……统统要尊重事实。

从该进 ICU 到写本教材

"冷面笑匠"方清平，用端方清淡平静的演出风格，带给观众无数快乐。亏我给"方清平"三个字解释成"端方清淡平静"，人家自己可毫不在意，自我介绍"清明节"的"清"，"太平间"的"平"。今晚"迎中秋 庆国庆"首届雄安·容城公益晚会请来了方清平，让观众们得以一见庐山真面目，近距离感受他"冷面笑匠"的风采。

方老师今天嗓子也不太好了，说"也"，是因为我嗓子经常不好，特别能体会这种病痛带给人的苦恼。其实无论哪种病痛，皆为苦恼。由是想起方老师曾经写过的《我有病》，文中说他 45 岁的时候，突感身体不适，极度不适，于是去医院检查，各种检查，导致对医院熟悉得能当导医。一堆检查结果出来，他把化验单交给医生——是他的哥们儿，结果人家看完后毫不客气地对他说："方哥，你太不注意啦！你知道你现在什么情况吗？七八十岁的老年病的指标，都该进 ICU 啦！"

于是方清平躺进病房开始思考人生——没办法，调理身体太闲了，没法登台，养养嗓子，活跃活跃脑细胞。回顾自己成名的历程，方清平得出一个结论：快乐最重要。他说，以前天天挤公交的时候，最大的享受就是上车有个座儿，一直睡到下车。现在出门儿坐着商务车，车上几个座儿，想坐哪个坐哪个，享受吗？还没当年挤公交抢个座位快活呢！人的欲望永无止息，随着时间的推移，总是同步增长。但是这个过程中，不要丢了自己本来的快乐。而快乐，是建立在健康基础上的。

面对医院里形形色色的病人和病情，方清平觉得自己该总结一下人生了。用他"冷面笑匠"的风格，他说他不觉得自己能活80岁、90岁，他说自己能活60岁，那么现在就是活了自己人生的四分之三，没经验有教训，给年轻人当个反面教材也好。他说自己年轻时候就是因为没有教材，生了好多不该生的气，着了好多不该着的急，也享了好多不该享的福。不过那时候真有这书也看不进去。俗人都是事后诸葛亮。当然了，也有一辈子糊涂的。在庐山里头就能看清楚庐山长什么样儿的人，那才是真诸葛亮呢！方清平病房里一养，生活规律了，酒不喝了，事儿不拼了，夜不熬了，什么都好了。10天后，大夫就说他的身体指标大多都恢复正常了。

那么我们可不可以，不要等躺在病房里的时候脑子才觉醒呢？我想可以。不是所有的事情都是必须做的，一定有很多事情可以灵活处理一下，可以兼顾一下自己的健康。

人生就像一座庐山，身在其中往往看不明白，这也是为什么过来人想让年轻人少走些弯路，往往不成功，"不识庐山真面目，只缘身在此山中"。愿我们都能在庐山里头就能看清楚庐山长什么样儿，做自己人生中的"事前诸葛亮"。

翠微深处，莫剪柔柯

风静。夜静。心静。

记忆就那么深深长长。如一座深山，满目青绿，笼住一种缥缈却又真实的美丽。那么，就让它在那里生长，郁郁葱葱；那么，让我的静夜停在那里的翠微深处，而时光的手，莫剪柔柯。

时序如轮。所以春走了。所以冬来了。所以你是已逝时光中的曾经。曾经，世界有如许美妙的旋律，月光与星辉流泻美丽的静谧，花朵上的露珠是一颗含笑的星球。城市里高楼上的窗子多像儿时用积木搭出的图形，远远的绵延的山在高楼上看来，正如淡墨朦胧。远远的想象中，那里的暮鼓晨钟，怎样悠长又怎样沧桑，怎样安闲地氤氲着一溪云，一山雾，一窗绿荫无数。

时序如轮。所以冬来了，冬也会走。所以你来了，你也不会留。"我想我该为你而忧伤，用金色的歌铸就你孤单的形象，安放在我心里。"没有你的冬，才知道有一种空旷可以让灯光变得寒冷；没有温度的夜里，雪花在唱一支没有曲调的歌。无声的歌。曾经年少轻狂的你，曾经年少轻狂的梦想，曾经年少轻狂的时光，在清澈的晨与柔和的黄昏，曾经怎样散发着芬芳。欢乐永远属于过往，而痛苦却永远新鲜。告诉我，要怎样在渐渐老去的生命里拼凑已碎的梦想？还有你含笑凝望我的眼睛。

时序如轮。所以冬走了。春还会来。春来的时候，我会送你一颗种子，只因为你生活的天空常常那样暗淡又常常有风雨来袭,风雨来袭的时候请你不要被淹没在无边的寒冷里,寒冷的天气种子依然在内心藏着一个绿色的世界,这个世界永远不会老。如同我们一起读过的那些书,一起度过的那些美丽的岁月。就让这颗种子在你的心里,长成一棵参天大树,枝繁叶茂,绿得葱茏。柔柯莫剪,翠微依旧深浓。于是,我没有继续为曾经的年少轻狂而忧伤。你该读懂,我凝望斜阳时悠远的目光。我的微笑曾经被泪水浸泡,而今,它被洗得如一颗晶莹的星,在斜阳后面开放成一片淡然而璀璨的清凉。而月光,如果你用心倾听,它的旋律正在草叶间的露珠里悠扬。

时序如轮。转不走曾经的你我,转不走的,亦不仅仅是你和我——如果你的心,像夜一样静;如果你的手,挽住时光的画幅,未剪柔柯;如果你的眼睛,在红尘之上,依然清澈而明亮。

诗书岁月长，白发不相忘

小时候，没有电视、电脑、手机，没有收音机，没有磁带、光盘之类，后来有了电灯，却又常常停电。煤油灯熏黑了墙壁，烟气氤氲出一个单调的黑白的童年。

农活儿忙完后的无数个夜晚，我和妹妹们有一个特殊的游戏：比赛背诗词。没有"飞花令"之类更丰富多彩的比赛形式，我们总是最简单的一人一首接力背，看谁背得多。小妹妹比我小三岁，刚上学不久，认字还不多，也兴致勃勃地参赛。我们的诗词教本是哥哥的《古代文学作品选》等自考书籍。三十年过去了，我还记得小妹妹背岳飞的《小重山》："昨夜寒蛩不住鸣，惊回千里梦，已三更。起来独自绕阶行。人悄悄，帘外月胧明。白首为功名。旧山松竹老，阻归程。欲将心事付瑶琴。知音少，弦断有谁听？"她把"绕阶行"背成了"烧阶行"，把"阻归程"背成了"阴归程"，让我们都忍俊不禁。但小小的她已经会背很多诗词，而且总是抑扬顿挫颇有韵致。

彼时，尚不懂，一手锄头一手诗书，竟已暗合耕读文化。只是单纯的喜欢，诗文的内蕴之美深入心扉，诗文的音韵之美唇齿留香，幼时的喜欢是晶莹剔透，不惹尘埃的。

后来，大妹妹出嫁后经商，商场风云变幻，不变的是她内心深处书香诗韵浸润出来的善良单纯，历经多少尘风浊雨而洁白依旧。小妹妹虽然学历不高，古诗词造诣却很深，在农村里生活的她不辍诗书，自己作诗填词，将光阴过成了一首田园诗。

网上曾有人笑谈读书有什么用？那就是当别人说大白话的时候，你可以整点诗词来形容，瞬间"高大上"。由此想起一个好玩的场景：看到初春的三贤广场明德湖，孩儿他爸说："嗨！冰都化了！风吹水波纹儿，一圈一圈真好看。"我说："东城渐觉风光好，縠皱波纹迎客棹。"

风景是画，诗文就是画的魂。

而人生，又何尝不是一幅画。画中风景却并非全都是花娇景妍，岁月静好。亦有严霜落，亦有风波恶，任它步移景换，不变的是诗文赠我的画中之魂：天于霜雪含春意。一蓑烟雨任平生。

诗书为伴，不觉时光荏苒。青丝中白发已飞雪，心仍在清词丽句间年轻。

雄安大儒孙奇逢说："若悠悠忽忽漫常度此岁月，此日因循，过后追悔，回天无力，挽日无戈，岂不可惜。"他以诗书为乐，读未读书，如交新友；读已读书，如遇故人。孩童开蒙，耄年亦是晨星即起，深夜不休，一编孔孟彻宵旦。

人可以老，但诗书在手，白发就梳进了不老的心。

时光如水，诗书就是水不变的春。

让爱来访

又是一个鸟雀呼晴的黎明。携着朝露，携着微风，轻叩我攀满绿藤的小窗。

只是，我比黎明醒得早。我无言，我只静静地，等它来访。然后悄悄地，让昨夜缤纷的梦在我的眼里轻碎。

是的，我哭了。因为麦浪的活泼，因为霜痕的静默，因为忆起了那个小小的村落。因为梦里，和早逝的父母又一次重逢。而梦外，有一朵浮云孤寂在天边，有一场飞雪覆盖了大地。那葡萄架下的绿荫，是否还藏着一个采自星河的凄美的传说；那夜风，总是透着泥土清新的香和小溪清透的凉。

时光总在唱着一支不倦的歌。那戴着蝴蝶花的小女孩，也总要从秋千架上走下来；她说，我要荡天那么高！让白云做我飘飞的裙裳。美丽是惹人爱怜的，而这个世界和善良是有缘的；时光在唱一支爱的主题歌，一路走来一路依然。

我含着泪微笑了。

看夏日亭亭的荷、潺潺的溪，读秋夕淡淡的云、飒飒的风，听冬夜缓缓的钟、绵绵的雪；而握在手中的笔，和着泠泠琴韵，写不尽料峭春寒里的一抹嫩绿……这个世界，原是如此美丽。

于是，我打开窗子。在黎明的清澈里眺望天边的山，看那石阶上的苍苔怎样铺就了一个古老的神话；在朝霞的斑斓里遥想远方的海，看那沙滩上的贝壳怎样诉说着一个美丽的传奇……

我爱山的雄奇，如父亲伟岸的背；我爱海的辽远，如母亲温暖的怀。

但父母早已去了一个遥远到无从触摸的世界，我只能是随云无心出岫，无眠独语——当山与海闯进我的梦里来；即使我只能是无缘相守擦肩而过，我们也已经共同读懂了清风明月的语言。

当遥远将距离收藏，是天涯变成了咫尺，还是让咫尺又回到了天涯；汹涌澎湃的时候，是大海收藏了浪花，还是浪花从不曾忘记风儿对大海的承诺。

"人有悲欢离合，月有阴晴圆缺，此事古难全。"握不住月圆的时候，就让我们祝福月缺。她在微微地笑，弯成一个美丽的月牙杯；当阳光送给她温柔与清凉，她就在笑靥一样的杯里，盛满了夜夜不变的执着。

让爱来访。匆匆的生命里，我只是一个匆匆的过客，身后留几行深深浅浅的足迹。

让爱来访。匆匆的生命里，我不仅仅是一个匆匆的过客，那身后的足迹，兀自雕琢着浅浅深深的心灵印痕。

让爱来访。端是崖泉尘不染，出山何异在山清。匆匆的生命里，永远有一杯清茗、一纸素笺，是我不变的守望。

就像绕过村庄的那条小河，绕走了一枚金色的贝，绕住了一个开花的梦；而老去的树唱着年轮的歌，将春已含苞的消息，送给了冬天的我。

彩虹与水滴的故事

相传女娲抟土为人，工作繁重，最后力不能支，只好采一枝柳条蘸着黄泥四处一甩，甩下的泥点也变成了人。可是你知道吗？那柳枝上面原有那么多晶莹剔透的露珠，在女娲拿起柳枝未蘸黄泥之前，这些露珠纷纷洒落于地，它们变成了什么呢？看，那是一群多么活泼可爱的孩子啊！原来孩子们是由这些水滴变成的。水滴的清澈是孩子们纯真的笑容，水滴的晶莹是孩子们明亮的眼睛，水滴的纯净是孩子们诚挚的心灵，水滴的美丽无瑕就是孩子们那不谙世事、不染尘埃、不受流言世风左右的最可宝贵的童真啊！是的，你要说，远古的神话中没有这一节。是的，这只是心盈讲给你听的一个故事。那么，请你，暂舒开你紧锁的眉头，且停下你忙碌的双手，来听一听这个故事。毕竟，你也曾是孩子；而你现在，也依然爱着，爱着你的水滴。

就比如少儿歌曲大赛中，你听着孩子们的声音那般明净而不带任何杂质，你说你也曾拥有如此美丽的童声，你说童声是天籁之音啊！我知道那声音永远留在了你的心里，水滴一样叮咚玲珑。而此刻，这些水滴的身上，正闪烁着炫目的光环。富丽堂皇光芒四射的舞台，托起多少新星冉冉升腾。闪烁着光环的水滴可不正是雨后的虹？彩虹的身畔有多少惊叹，水滴的身上就有多少祈盼。而所有的美丽都如此匆匆。彩虹消逝了它梦一样的奇迹，掌声也早已远去，那么孩子们，你们在哪里？你们可还记得，你们本是水滴，离开了天际弯弯的短暂的美丽,你们可还保留着心中最初的那份清澈?

是的,你说,这只是一个特例。是的,这只是心盈举的一个例子。一颗成人的心,本不敢轻易地打开童真的画册。是这些孩子鼓励了我,告诉我彩虹和水滴的故事,告诉我所有的彩虹都是水滴在闪烁,告诉我所有的水滴都要成长,如你,如我;我们也都有过水滴一样的童年,我们也都有过彩虹的梦;当彩虹走远,我们有没有弄丢我们的水滴?

一颗成人的心,也可以是水滴做成的。彩虹是否远走并不影响水滴的清澈。走在如此遥远而漫长的寻梦的路上,我知道你有着怎样的艰难和嗟叹。但是,请你,暂抛开你久积的烦闷,且收拢你茫然的思绪,来听一听心盈轻柔的絮语:当年女娲抟土为人,本就抟进了永远的祝愿。那么,请你,拥有了彩虹的瞬间,别忘记你的水滴;彩虹消逝的时候,别让风把水滴吹散,让水滴留在心里,永远记着自己的清澈,一路上的你就会永远美丽。

梦之旅

如果有一天，我能够捕捉到秋梦的边缘，就让我把累累硕果里最厚重的那一枝——用岁月做剪、用青春的形状做模型精心育成的那一枝，装进星星做成的摇篮里去吧，那里月辉轻洒，那里清风微拂，那里有着苦涩酿成的甜蜜。经过了多少个不眠的夜晚，就有多少缕断不开的思绪；经过了多少次牵牵绊绊的折磨，就有多少天寻梦的执着。

我知道露珠在怎样耐心而又顽强地等待着朝阳，我知道星星都对月亮说了些什么；我不害怕夏的酷热、冬的冰冷，也不在乎春天播下的是一路漫长坎坷——总有一天，我能够捕捉到秋梦的边缘；总有一天，我能够育成那枚生命中最甜蜜的果。

曾遇到过一树不知名的小花朵，开在暮春夕阳的余晖里。曾用最温柔的思绪来轻抚它梦幻一样的色彩；曾用最疼惜的眼眸来关注夜幕笼罩时它暗淡了的容颜……明天的太阳依然会升起；明天，也许已消逝了春的足迹——我可爱的小花朵，面对你开花的勇气，是我微颤的情怀。

有一天我信步走入了一座荒谷。荒谷里的阳光是苍白的，所长的只有荆棘。我看不到梦中的小花朵，却不想停下自己的脚步。"从云翳中外露的霞光才是最璀璨的"，从荒谷里生出的花才是最美丽的。于是我选择了在荒谷中种植希望，于是我步入了一条最艰难的道路……

始终相信自己如一滴露珠的勇敢，一点一点地凝聚，终于凝成了一枚圆圆的晶莹的心愿。总是静静地读一朵悄然开放的睡莲，读星光与树影，读清风与蝉鸣，泪眸中总读不明白，远远的月圆，朦胧的、虚幻的、缥缈的月圆。

但是月真的会圆。尘世浮华，我知道自己远远的，始终站在喧闹之上，走在现实边缘，踯躅在梦境与心灵之间。不信云卷云舒之后还能重回从前的模样，只是相信在皎洁的心情里，月真的会圆。

祸福相倚。苦难与幸福也相辅相成。从不愿后悔自己寻梦的步履，因为可以告诉自己：所有的挫折都可以转化为财富；从不愿设想前景的渺茫和一路上风风雨雨的无常，因为可以相信自己：流泪只是某一个时间的过客，而梦想却是一列永恒奔跑的列车。

路过春光，又遇见夏花

春光满眼花枝俏的时候，春花是抵住了料峭春寒的。而夏季的花，酷暑之中，让自己笑得如此明媚，是抗住了炎热与干旱的。

每一朵花的开放，都不容易。

唯有寒也不怕，热也不怕，旱也不怕，雨也不怕，风也不怕……才能成就美丽，绽放清香。

所有这些加起来，概括成一个词，叫坚强。

每一朵花，都是我的榜样。

可是如果有一天，我不再坚强。谁也不希望，长久以来所有的付出和心血，最终是滚滚热浪下的冰点结局，凉到透骨。我最无力的，是几十年来，无论我自己做得多么多，却永远做不到让有些人回馈我的付出，哪怕很少。

谁能告诉我，为什么是这样呢？

人心，最难把握。

所以我不想永远坚强，给自己一个脆弱的时刻，释放自我。

我只是依旧善良。也相信，我终将有我的回报。

哪怕人生，充满了失去、失误、失落、失意和失望，但转过身，我仍然有属于我的爱和美，光和水，花和叶。

岁月，耕读两相宜。

我始终，身在泥土，心种繁花。

生活有那么多的油烟和尘埃，身边有那么多的破碎和无奈，总有一天，总有那么几天，可以不坚强。但无论何时，我都有我的泥土，有我的大地之香。

我不怕春寒，我就能路过春光；我不怕酷暑，我又遇见了夏花。我不怕秋凉，相信总有一天，我有属于我的秋实。

不管这一刻是不是坚强，我都要我的灵魂，始终澄明、清亮。

温柔武器

中午，饭桌上闲聊，孩儿他爸说："初中走读的孩子们真是太不容易了，7:10就到校了，都吃不上早饭，下了第一节课才从外面买点吃。"

孩子奶奶说："那是大人不给做饭呗！你们小时候，我凌晨4点就捅开炉门，然后再睡会儿，等炉子的火旺上来，就开始给你们做饭。你们姐弟三个，谁上学没吃过早饭呢？"

我说："我小时候都是早上5点多起床，到院子里抽柴（柴又凉又扎手），屋里的水缸都结冰了，凿冰取水，给全家熬一大锅粥，热上饽饽和菜，自己吃点去上学。现在的孩子们完全可以自己做点饭吃了再上学呀！"

儿子看着我的脸，认真地问："妈你小时候那么苦，你说你怎么还长这么漂亮呢？"这问题让我怎么回答？我看着他胖得眼睛都挤小了的自从被军训晒黑就没白过来的脸，确认过眼神，是亲生的无疑了。他又接着说："按说在村里长大，小时候又没妈了，最起码应该长得土气一点，沧桑一点，你怎么还长这么气质好呢？怎么还比我同学的妈妈们都年轻呢？这是为什么呢？"我再一次确认了一下眼神，这真是亲生的哈。

思考再三，我回答说应该跟我爱看书有关系吧。儿子不同意："怎么看书还有美颜功效？""这倒不一定，"我说，"但我觉得一定是可以给形象加分的，形象上书卷气浓了一些，气质会更好一些。"

曾经跟儿子聊过晚年话题，因为始终跟他爷爷奶奶住在一起，他感受着爷爷奶奶的晚年，听着他们唠唠叨叨的话，看着我忙碌照顾他们的身影，问我："妈你老了是不是也这样，整天什么事都要找我，一说话就长篇大论的？总要从若干年前说起，重复说了若干次的话。"我说："切，我老了哪有空理你？我退休了要上老年大学，学插花、做模特、练绘画……做自己喜欢的事情，课余还要看书写文字，我忙都忙不过来，你别烦我就行了！这退休后的计划刚上班就有了，比生你还早呢！哼！"儿子看着我，无言以对，一脸崇拜的表情。

常常想，真的有大把大把的时间属于自己的时候，才是又一段崭新人生的开启。而书与文字，是始终如一的挚爱。到老了，"耳目虽云聋瞆，心思尚未荒迷"。无所事事，正可辑书。"一以消闲岁月，一以报答穹苍"。而我从小就知道，书中营养丰富，是借以对抗苦难和沧桑的最温柔的武器。因为拥有这个温柔武器，我战胜了很多泪水，又用汗水铺平了很多道路，逐步将琐碎繁杂、怨天尤人挡在了心灵之外。愿我的文字，也能让亲爱的你，阅读快乐，不负韶华。

美丽的回响

无论过去的时光，怎样坎坷；无论将来的岁月，怎样烦琐；总有一个词，让我们坚持，那就是热爱。

有句话说："我认为的光耀之道，并不是让自己成为别人眼中的焦点，而是忠于自我，做自己人生的焦点。"热爱生命，热爱正义，热爱公平，热爱善良，我们的内在之美，是一个大写的人，昂首自立于天地。

莫言曾说，回顾往昔，我确实是一个在饥饿、孤独和恐惧中长大的孩子，我经历和忍受了许多苦难，但最终我没有疯狂也没有堕落，而且还成为一个作家，到底是什么支撑着我度过了那么漫长的黑暗岁月？那就是希望。

只有热爱，才有希望活好现在。唯有热爱，才有勇气搏击未来。

有了热爱，有了希望，我们就不怕曲折，不怕磨难。所有的坑坑洼洼，所有的被辜负，也都不可怕，好好地准备着，一直努力着，总有岁月为你，送来水到渠成的美好。

那些美好，有着永远明亮的力量，因为，热爱，足以撑拄天地。

美是汗水浇灌出的花朵。还记得我在容峰中学执教的日子里，两周57节课，外加每周两天值班，管理学生午休和晚休，劳累不堪腰疼不已，仍然一个本子一个本子的写满文字；记得在宣传部加班和下乡的日子里，利用零碎时间、夜深时刻，仍然将所见所思所感随时记在手机便签里，择时移到电脑上修改、补充、完善……记得为一篇文章的构思，梦里都是文字的瑰奇；记得写出意蕴隽永的文字，而这些文字飘着墨香由远方寄来，心中满满的感动与欢喜。

亲朋好友对我的关爱和帮助，让我的努力，更加温暖明亮。跋涉在曲折的时光之河，美好的文字是闪闪发光的珠贝，我用心打磨，连珠成串，那柔美的光芒就盈满人生之路。愿世间多一些热爱和努力，多一些收获和丰盈。各行各业，诸多爱好，在善良与情怀之中，都能因热爱而有美丽的回响。

中年来得那么快，人生的长途里，曾经的童真与烂漫都已远去。从有人站在前面为自己遮雨，到自己为别人遮风挡雨的年纪，我们学着坚韧，学着包容，将一场又一场风雨织成彩虹。站在这个热爱的世界，用百花盛开的心境，奔赴下一座山，下一片海，我们都是自己的太阳，终将闪闪发光。

预约一个更美的世界

年底了,腰疼犯了,当那种熟悉的极致的疼痛又一次来袭,我知道自己又必须与病床为伴了。疼到动不了,无法坚持了,只好以卧床来迎接新年。吃药,贴膏药,卧硬板床……病情好转得很慢很慢。

疼到极致,是一动就能直接疼出眼泪的那种,是疼到腰直不起弯不下生活不能自理的那种,自然是让人很痛苦的。做不到"对境心不起",烦闷、苦恼、伤心、难过、无奈、委屈……种种情绪,全部经历一下。然后呢?《菜根谭》里说:"风来疏竹,风过而竹不留声;雁渡寒潭,雁去而潭不留影。故君子事来而心始现,事去而心随空。"事去而心随空,已是非常豁达与超脱。而腰疼这个事儿,一旦严重到这个程度,就得一天天捱时间,所以不能一味地等,等到事去再心随空。

记得林清玄的文章里有这样一句话:"屋里的小灯虽然熄灭了,但我不畏惧黑暗,因为,总有群星在天上。"我去不了书桌前了,也不孤单,还有一床书陪伴。这情景像极了300多年前(清顺治八年),68岁的大儒孙奇逢于除夕前一天写的诗《除岁前一日》:"空斋忽忽岁将除,百日犹防一日疏。腊月要看三十日,闲来静对一床书。"写下此诗的孙奇逢,真的很闲很静吗?当时他正因清初圈地而被迫从家乡容城举家南迁,行至河南辉县苏门,一路颠沛流离，衣食无着，忍病停药。这一年的四月十九日，患难与共的妻子客死，无地可葬，只好求助朋友；十月初四日，贤惠的儿媳许氏又不幸亡故。但先生始终从容坦然，境遇可以不闲不静，心却可以很闲很静。他说："乾坤珍重经纶手，好把艰危仔细尝。"（顺治七年庚寅六十七岁《博陵萧光昭过访》）所有的艰难困苦，都是用来成就人的。此心安处是吾乡，还怕在异地他乡流离漂泊吗？而我，偷得浮生几日闲，还怕在病床上疼痛烦闷吗？既有几日不得已的闲，自然是要充分利用的。闲来静对一床书，也可以静对一墙的画，一屋子的音符……在疼痛之外，自有更丰厚的所在。

记得几年前，嗓子疼了半年之久，各种治疗，效果甚微，终至几乎失声。儿子住校，每次回家总是和我聊起来没完，说不完的话。可是我嗓子不好怎么办呢？我说我就主要听着吧，我经常"嗯嗯"你可要谅解。他说："妈，我认为'嗯嗯'也费嗓子，你就点头摇头就好了。"我说"嗯！"刚说完意识到应该直接点头，赶紧又点头，两个人都笑了。没一会儿我就重复了多次这样的笑话，他说句什么，我嗯完了又赶紧点头，把他笑坏了。病痛里的天伦之乐，格外深刻。后来我就用手机打字跟他交流，他说一句话，我打字回复给他看。再后来，儿子也开始把想说的话写下来给我看了，长篇大论的。曾经陪他读了很多书，他的文笔一直很好，读他的文字是一种美的享受。腰疼的时候，做饭、洗碗、拖地……儿子又一手包办了。如果身体很好，依我的性子，是闲不住的。而我的病痛引起的诸多不便，给了儿子必要的成长历练，也让他的孝义有了一个温暖坚实的落脚点。

经历了不能说话的嗓子疼，才知道原来声音是这么可贵，那段时间脾气也跟着好了，不能说话自然也不能嚷，不能上火也就别拍桌了；经历了不能行动的腰疼，才知道平时能走能坐能生活自理是多么值得珍惜，能坐在书桌前写字又是多么美好。

越来越想念每天匆匆走过的小路，到了能出去的时候，一定要慢慢地走，慢慢地寻找，那树脚下的雪可还好？那枚精致的黄叶可还在？那几只麻雀，商量好了怎么过年吗？那些连翘的枝条，是不是已经悄悄鼓起了芽苞……"独喜东风不厌贫"，东风是不会因人间的苦而不吹来的，它会如约而至，公平地吹拂每一个人，每一个角落；就像群星从不因一盏灯暗下来而不再晶莹闪亮，哪怕在泪光之中，我们也可以预约满天的星光。

疼痛总能一点点减轻，一点点好转，从最疼痛的时候出发，我可以预约一个痊愈的日子；"天于霜雪含春意"，花的消息在冬的信封里，从最寒冷的地方出发，我们可以预约一个春天的花园。人生这条路，无论有多少大沟大坎，都可以用岳峙渊渟的从容，为自己预约一个更美的世界。

三月雨肥，九月霜瘦

今晨下雨了。早春的雨，细细密密，有一股清凉的泥土气息。春雨蒙蒙，绝少滂沱，怎么会"肥"呢？

有这样一个故事，说古时有一位很有才智的皇帝想考考他的臣子们，便出了一道题："天下什么最肥，什么最瘦？"大臣们苦思冥想。有一个大臣回答："最肥不过蜡，最瘦不过知了皮。"皇帝一笑了之。按说蜡除了一个芯之外就都是油了，而知了的皮（蝉蜕）薄而轻，几乎没有什么油水。这个回答生动形象而有道理，还是很有创意的比喻，然而皇帝却觉得不够好，认为这回答气度小些。另一位大臣沉思良久，说："最肥不过三月雨，最瘦不过九月霜。"皇帝点头赞许。这着实是一个别出心裁的大气魄的比喻。俗语有云"有钱难买三月雨""春雨贵如油"，按说稀少而珍贵，并不"肥"，但三月的一场好雨，万物润泽，生机盎然，利于春耕春播，是全年丰收的基础，蓬勃的萌发是"肥"的，丰收自然更是"肥"的。而九月的一场早霜，万物凋零，一下子生机萧瑟，其时间节点正是从丰收之秋到寂寥之冬的巨变之初，人们更能感知其带来的枯瘦程度。

这故事一般用来给学生们讲解"比喻"。同是运用修辞方法，眼界开阔一些，心胸宏大一些，从容大气的风度才是上乘之作。

一个比喻的修辞尚且要有气度，何况是为人处世呢？更需有格局。三月雨，不仅能泽被大地,更能滋润心田。我们做人如果都能像三月雨,这社会不是会和谐多了吗?会多么美好。而九月霜,更是意象颇丰,表面理解可以想到自然界的霜凋万物,进而想到人与人之间的冷漠疏离。我们对人,不要给人心灵上加一场寒霜,父母师长要给孩子三月雨,不伤害任何一个孩子,亲朋好友也要如此,陌生人之间也应如此;换个角度理解,又可以想到九月霜本来是自然规律,不可避免,犹如人生经历,不希望有霜,但是霜雪来临,又不要被打倒。九月霜瘦,瘦了的只是表象,是温度;瘦不了的是人的心灵、意志、胸怀啊。

做人当如三月雨,行事莫学九月霜。时时播洒三月雨,生活中一株株爱的小苗便被善良温润的喜雨滋养培育,人生转弯处,能听见它们抽枝长叶的声音。

身在雄安约春暖，丹青次第与花开

家乡中学有位美术老师，发给我几张她去年的写生，那些家乡特有的风景在她的画笔下呼之欲出，让我再也按捺不住对春意融融的渴望。岁月静好桑梓情深，最令人珍视与疼惜。让我们一起，战胜所有的灾难，预约雄安春暖。

从容乌高速公路容城高速口下来，往北一拐，便来到我的家乡，首先看见那座纺锤形状的容和塔。看到它，就看到了历史长河中，容城父老乡亲们勤勉的心愿。古时织布裁衣，今日服装名城。有容乃和，有和方美——雄安新区设立以后，容和塔有了更多新的外延。塔下由原来四四方方的塔座，改造成一圈又一圈涟漪的形状，饰以彩灯，缀以花草，寓意白洋淀的水波粼粼，将来雄安新区水城共融，清新明亮。这座未来之城，开放之城，这个如此熟悉和亲切的家园，正沐浴在满眼春光之中，容天下，和万家。

家园春意满，风正好扬帆。容和塔的东北角，新开辟了一角公园，"我来雄安了！"几个大字透着热情，透着欣悦，透着青春的活力与自信。花暖窥人意，风清袭我襟。会向家园里，心田自茵茵。所谓耕耘，耕田亦耕心，心田能耐久。在打拼事业的同时，修炼内心，提升素养，那些读过的书、走过的路，终将在人生的春天，如花盛放。

从"我来雄安了！"往东不远，就是雄安新区市民服务中心。作为雄安新区设立以后第一个开工建设的项目，这座闪电般落成的建筑群，见证了速度与智慧，迅速成为雄安热门景点。这里的现代化高科技元素很多，是雄安新区管委会所在地，很多重大决策都从这里出发，走向雄安千家万户。禁止燃油车进入，遍植花木，也让这里更加洁净美丽。只是建筑外形不美，色调单一造型单一，还是盼着更多中国元素的建筑在春暖花开的时节拔地而起。

每忆家园乐，名贤共里间。雄安历史上名贤辈出，容城三贤广场、杨继盛故里祠、孙奇逢纪念馆是不可不去的人文风景。安新还有一条长廊充满了传奇色彩。那把花伞，那条小船，那悠游的鹅，那田田的莲，都是美丽的心事。深深拥抱脚下的土地，苦辣酸甜酿成荡气回肠，我们一饮而下，这杯酒，名字叫"家"。

雄安是一座新生的城市，从设立之初，就迎来了五湖四海的建设者。心中春暖处，即是吾乡。将来会有更多的建设者落户雄安，在自己双手建起来的地方，守护自己新的家园。让我们一起相约雄安春暖，期待她更美的模样。

风险很近，苦很远

2020年6月，随着北京疫情又严峻起来，安新边开始出现病例。看不见摸不着的病毒，就这样威胁着每个人的健康和生命。

疫情就像湖里的涟漪。一个病例就是一块石子，他（她）生活的圈子是水面的一圈小涟漪。这一小圈涟漪的每一个水花都继续扩散成一圈又一圈的涟漪。我们要缩小这个疫情的湖面，锁住每一圈涟漪。

说不怕不担心是假的。走在上班的路上，看每一个人，都无法肯定，他（她）是安全的吗？是不是有密接者或者潜伏期的呢？在病例被确诊之前，那一圈又一圈的涟漪扩散到了什么程度呢？但多想无益，对于苦难和烦恼，我们需要的是站到它上面的能力。上下班的路上，我近乎贪婪地看着银杏树摇着她们的小扇子，看着梧桐树挥着他们的大手掌，看着天蓝天广，云卷云舒，心中蓦然涌起一句话："万物美好，我在中央。"

那个因身患绝症连大学都没能上完的少女作家，在她的《花田半亩》中用纯净清秀的文字，描述了那么多生命的美和无奈。"我是一个疼痛的孩子，但青春要在疼痛中开出花来。……我要在最美丽的时刻，被你看见，被世界看见。所以，我这么珍惜，生命里的偶遇和意外。我愿意幸福。我只愿意幸福。"中年的我们比她幸运，已拥有更多生命的长度，拥有更多幸福。虽然我的人生，沟沟坎坎，从未平坦，但我总觉得幸福更多。有位朋友了解了我的经历，跟我说："我只是在荆棘密布的路上咬牙前进，你却开出了满眼的绚丽，而且芬芳沁人。"就像现在，风险很近，苦却可以很远。

想起苏轼的红颜知己王朝云，34岁香消玉殒，苏轼为她写过一首词："玉骨那愁瘴雾，冰姿自有仙风。海仙时遣探芳丛，倒挂绿毛幺凤。素面翻嫌粉涴，洗妆不褪唇红。高情已逐晓云空，不与梨花同梦。"（《西江月·梅花》）以梅花喻美人，如此高洁素雅，可惜美人已逝，那又怎样呢，她已活成了一个美丽的传奇。

我走在路上，看着风景静好，看着或休闲或忙碌的人们，心里默念着这些诗词和句子，这些钟灵毓秀的女子，让我们对生命充满了疼惜。

明末清初理学家、雄安"容城三贤"之一大儒孙奇逢在给管时可的信中说（我把古文翻成白话）："人们大多知道病是苦，不知道乐其实也是苦。乐是苦的根源，世间事往往乐极生悲，乐极苦生。人们往往知道病是非常苦的，但是不知道病也是乐。苦也是乐的根源，苦极乐生。比如像你一心护病，那么世间种种嗜欲、牵缠、热中、妄想，尽付流水，意识到生命的重要，所有烦恼就都没有了。一开始可以因为病而得到清闲，接着因为清闲，能够做自己喜欢的事情，而得到人生的意趣。这个时候我们能够把一切得失荣辱、利害生死都抛之度外，那岂不是病中反而悟到道了吗？何乐如之？如果我们不能专意护病，不懂得爱护自己，那就会病中生病，由身体的病再生出情绪的病，妻子儿女，不管是谁，不管在哪儿，都能让人生嗔起怒。要想从苦中出来，进入乐的境界，关键在自己，不在别人。"明清易代，战乱频仍，孙奇逢以多病之身活到了92岁，成为"立德、立功、立言"三不朽的高寿大儒。他的这封信，无论何时，都值得我们好好思索。

其实，生命的过程一直都是高风险的存在。所不同的，是我们总觉得自己能把握生命本该拥有的长度，总觉得自己还拥有大把大把的光阴，在这样的臆想中浑浑噩噩。当劫难突然到来，当疫情离每个人都这么近，所有的一切忽然变得不再确定，该是我们醒来意识到生命的重要，出苦入乐的时候了。

花朵与花朵在季节相逢

"你在哪里办公？我去把书接回来。"抱着我的书走在家门口的小路，看着小路两旁蓊蓊郁郁的树，我脑海里又浮起这句话。进入盛夏，绿叶繁茂，花朵稀少。在我住的小区，常见的是木槿和蜀葵，开着大而质朴的花朵。这世上，花朵与花朵都不同，但每一朵花都有属于自己的季节。

记得我第一本书出版之后，爱书的朋友都说想拜读，有位老师也因此加我微信，但他接下来的一句话让我经久不忘："你在哪里办公？我去把书接回来。"书在他心里，是一个需要郑重去接的朋友，是一份需要用双手捧着的情谊。"接回来"——是怎样爱书的心才能说出这样的话，每个字都有着灵魂的温度。其实出版了书后我才更深切地体会到，在这个电子化的时代，真正懂书、惜书、爱书的人很难得。因其难得，因书而结的缘，方显得愈加珍贵。

得知我第一本书是散文集（《纺织生命的阳光》）、第二本书是诗集（《诗心盈路》），老师问我："你不是在写长篇吗？"我说："这是写长篇之前写的书稿。写长篇需要好好学习，需要学透了才能动笔，所以我一边学一边写心得体会，学了快两年了，长篇才刚开了个头。"他说："是个苦差，但乐在其中。"

过了一阵，读过我的书后，老师非常认可我的文学水平，然后特意跟我分享了他多年前的一段有关花朵的经历：

"第一次到南方，杭州西湖，是个傍晚，垂柳依依，清风习习，偶有阵阵花香沁入心脾。问人，说是桂花，却寻之不见。继续漫步中，才发现棵棵桂花树，挺拔葱郁，而花形细小，一簇一簇，开得正欢。我喜欢这香，迷醉其中，留恋久久。想起小时候唱的那首歌'八月桂花遍地开'，因为在北方时没见过桂花，只是听说。这次是真的见了，又在有着美丽传说的西湖边上，似醉似梦之中了。查阅资料，得知桂花是苏州的市花，也是杭州的市花，中国十大传统名花之一，在南方普遍种植。"

想起前些年我去苏杭的时候，是春初，没见到桂花。想象中有着如此浓郁花香的花朵，该是丰盈硕大的吧。直到几年前秋访颐和园，才知凡事真不可以想当然。颐和园的桂花香丝丝缕缕绕来绕去，绕住了每一个行人的脚步。桂花，如此悠远馥郁的香气，竟是小如米粒的不起眼的一朵朵一簇簇，在并不大的绿叶间都藏了个严。当真是花不可貌相。有些小花已落到地上，仍然是甜香满怀。我捡起一朵小小巧巧的桂花，放进包里，打赌回家后还能找到它——果然，我是把包整个翻过来，才在布与针线的缝隙里将它拈出来，爱怜地凑近，顿觉香气盈然。

要将书接回去的老师为什么会突然想起桂花呢？他说："那天，我们谈论间，觉得你不激不厉，默默写作，笔尖流淌出的文字，充满着爱和幽香。尤其是书的封面折页照片上你那浅浅的微笑，透着由里至外的淡淡的幽香。所以就突然想起这桂花。也许，在别人看来，桂花在南方到处都是，没有什么稀奇，有俗感嫌疑，但在我心中却不一样。它开在收获的秋天，清则绝尘，浓能远溢，香可沁心。"感谢老师对我的肯定和鼓励，这些话在我心中暖成了悠远蕴藉的桂花香。桂花抱团而开，就像，我们每个人身边都有那么多芬芳馥郁的爱。尘世人生，俗即是雅，雅生于俗，俗与雅的碰撞，正是人心与人性的洞见。

那次在北京颐和园，正值桂花节，有一排排长长的展板，上面是桂花与月亮不同角度的倩影，还有一首首咏桂的诗词。一一读完，余香满口，佳句盈心。想起南宋诗人王迈为酬谢朋友所赠桂花写的绝句："花映眉间一点黄，笑将文字共平章。高枝定不轻分付，自有花为知见香。"友情如花香，那定是深深浓浓的桂花香。与桂花在诗词中相逢，一朵一朵从诗句中"采"下来，花虽小如米粒，却每一朵都种在诗心里，清新别致，芬芳了发黄的书页。

这世上，花朵与花朵都不同，但每一朵花都有属于自己的季节。对于一个心中有爱的人，花朵与花朵在季节相逢——它们，不孤单。